Les Chroniques des Mondes de Salt

Prologue

Dans les mondes de Salt vivaient des Halfelins, des Hommes, des Elfes et des Nains. Bien que remplis d'innombrables créatures étranges, cette contrée n'était pas déplaisante et ses habitants non plus. Dans tous les royaumes, les peuples cohabitaient dans une parfaite harmonie et, nuls ne s'attendaient aux évènements qui changeraient le cours de leur existence. Mais avant de conter de nouvelles aventures, intéressons-nous au temps jadis, et plus précisément à l'ère première.

Au commencement, il n'existait en cet univers qu'un abîme que l'on nommait Zalam, qui divisait la terre en deux royaumes. Fiaiasor le domaine de glace et Ahradin le territoire du feu. Aino le premier elfe venu de Kerel, transforma de sa main la flamme et le gel. De l'opposition de Fiaiasor et Ahradin, le monde fut enfanté. Du feu naquit la roche qui fit le sol, les montagnes et le sable ; et la glace fit mers, lacs, nuages et ciel. Ensuite et seulement ensuite, Aino prit la foudre des cieux et les étincelles des volcans pour créer toute nature et tous les êtres marchants, volants et rampants qui la peupleraient, les bons comme les méchants cela va sans dire.

Il divisa les deux continents en de vastes royaumes de paix et de tranquillité. En grande sagesse et tout en respectant un équilibre des plus parfaits, Aino offrit autant de couronnes qu'il existait de peuple. Durant huit siècles, les elfes leur transmirent toute leur omniscience et tous vécurent heureux.

Mais un Drakeïde malfaisant guettait dans l'ombre. L'héritier du Mal. Le grand roi mystique Gorbundus. Il convoitait secrètement un fief pour affirmer sa volonté de puissance. La guerre du premier âge débuta ainsi. Tous les peuples libres des mondes de Salt s'allièrent sous une même bannière, celle d'Athalion haut roi de Thovarin. À force de courage, ils repoussèrent les armées mortes, jusqu'en citée de Zod'gral. L'affrontement final arriva promptement, il scellerait le destin des habitants de Salt.

De vastes armées s'affrontèrent pendant deux hivers, et alors que la victoire était proche, Gorbundus répandit son essence ténébreuse dans tout le royaume des Fontaines d'argent, infectant toute nature, gangrénant le ciel et la terre. Tout se colora de noir charbon. Les hommes devinrent suif, seul leur roi survécut. Épris d'une douleur profonde, il rejoignit le Gorbundus.

Les troupes d'Athalion prises de panique commencèrent à reculer devant le Mal. C'est alors qu'un enchanteur, voyant que l'espoir quittait les hommes, appela Uthin, la déesse blanche et ordonna que soit scellé la rivière Naaz'gol contraignant le néant à rester au-delà. L'ennemi de toutes choses et tous êtres était enfin vaincu.

Les mages renvoyèrent Gorbundus dans le sombre abîme et le privèrent de tout pouvoir. Il fut enfermé vivant dans un tombeau si obscur qu'aucune lumière ne pouvait y briller.

La paix et l'harmonie revinrent, et tous les évènements de jadis furent oubliés. Pendant un millénaire nul n'entendit plus parler des Héros d'antan. La gloire devint légende et la légende un mythe.

Mais le sommeil des vivants est facilement corruptible, et dans les profondeurs de son funeste caveau, le corps décharné de Gorbundus le maudit survécu. Son esprit gagna en force et affecta les rêves de tous, se nourrissant de leurs peurs et de leurs cauchemars. Quand son pouvoir fut assez puissant, il invoqua les ténèbres.

Elles envahirent à nouveau les forêts des mondes de Salt. Un tremblement engendra une rumeur, la rumeur engendra la crainte. Rapidement elle pénétra le cœur de tous. Un nouveau mystique était venu. Kaladan.

Par d'habiles procédés, l'héritier spirituel de Gorbundus dissimula son royaume derrière le rideau sombre de la nuit éternelle. À présent, cette terre portait le nom de Nord'élia. Kaladan, à partir des cendres des hommes et des bêtes, fit bâtir sur les ruines de la citadelle d'opale, une forteresse noire appelée Cité du Hasard. Dans le plus grand des secrets, il reconstitua l'armée d'ombres mortes et convoqua les sept cavaliers, cadavres d'anciens vassaux qui furent des elfes redoutables en un autre temps.

De nombreux siècles s'écoulèrent encore. Les rois bénis d'une longue vie laissaient place à leur fils, et leur fils à leur fils. La fin du cinquième millénaire approche avec ses bons et ses mauvais côtés et ce n'est pas une mauvaise chose. Les peuples attendent des Héros, et des mondes de Salt ils s'élèveront un jour prochain, car, il existera toujours des Halfelins, des Hommes, des Elfes et des Nains qui se dresseront contre le Mal. Bientôt entre leur main reposera à nouveau le destin de tous. Découvrons ensemble leurs chroniques.

Chroniques de :
Fihörn Feuilledethé

Chapitre 1

Au loin, une épaisse poussière s'élevait des champs et des routes et avançait en direction des Monts de l'Ouest. Depuis plusieurs jours, la terre était comme prise de sursaut du soleil levant jusqu'au couchant. Un tremblement persistant dont la nature même restait à définir pour les habitants de ces contrées.

Tous pariaient sur le réveil prochain d'Ardaên, l'un de ces terribles volcans, qui jadis déversa ses flots destructeurs dans les vallées alentour. Le murmure grave se répandait de clairières en ruisseaux, de fleurs en arbustes, des insectes aux quatre pattes, se transformant en un son oppressant presque à leur donner raison. Les quelques villages Halfelins nichés au fond du val verdoyant de Sourn ne se sentaient en rien dérangés par ce bruissement léger, sourd et prolongé. Ce présage, s'il pouvait être interprété ainsi, n'annonçait pas la fin du monde, la vie continuerait comme dans les âges passés au rythme des semailles et des moissons. Ils subiraient tout au plus quelques désagréments, mais rien qui ne puisse être oublié.

La Morrne s'écoulait impassible au changement du monde et paresseuse comme à son habitude. Elle descendait à flanc de coteau depuis la montagne de Vert Bois en direction du sud. Les massettes envahissaient ses abords, et, au milieu des herbes aquatiques parsemées de lotus rose, de vanille d'eau blanche, de roseaux et de fougères, bourdonnaient des libellules voletantes et abeilles butineuses. Dès l'aube, les criquets violoncellistes commençaient leur concert qui durerait jusqu'au soir. Dans un méandre, Roulecolline dormait encore. Seuls les bateliers poussaient sur leurs longues rames pour accoster le vieux ponton. Son bois usé, tanné par trop d'intempéries, était gagné par une mousse tendre et verte. Les planches vermoulues menant au quai laissaient échapper des grincements aux passages des premiers charretiers. Sur la droite, un chemin de terre s'enfonçait dans les broussailles guidant le voyageur au sommet d'une colline surplombant le village. Des champs semés de houblon, d'orge et de blé encerclaient la petite cité de caractère.

Des fumerolles emplies d'odeurs de sève de pin s'échappaient des chaumes blonds s'entremêlant aux feux des âtres naissants. Un coq de Brine au plumage rougeoyant, perché sur un muret de pierre sèche, poussait son braillement strident. Les petites maisons en pisé, penchées pour certaines, encadraient des rues étroites et tortueuses où la nature omniprésente s'exprimait dans son meilleur. Jaune curry, ocre minéral, rouge éclatant, plantes grasses et potagères, arbres fruitiers et fleurs se partageaient les carrés de jardin d'une émeraude profond. Au centre du village Halfelins, au croisement de Bourbe rue et du chat titubant, existait une place où trônait une fontaine à souhait taillée dans un marbre blanc.

Au sol, une mosaïque bleu-saphir représentait la voute céleste. Des carreaux en poussière d'étoiles dessinaient les constellations du premier jour de l'automne, début des fêtes d'Unilmand Tinúviel (fête de la bière). Tout autour des petites roulottes aux peintures vives, proposaient différents artisanats, cordonnier, forgeron et boulanger se retrouvaient ici pour des échanges bruyants et animés. Le forum aligné sur les quatre points cardinaux était occupé par deux Maisons et deux Établissements. Au nord, la Maison des notables et face à elle au sud, la Maison des prières. À l'est, la Taverne du Diable Triste et à l'ouest, les Bains publics de La Chèvre riante. En cette heure matinale, seuls quelques passants pressés parcouraient à grande enjambée les pavés. Ostran Bonbaril, boutiquier en livre rare, grimoires authentiques et toutes autres publications était de ceux-là. Il remontait Bourbe rue d'un bon pas avec sous le bras un opuscule. Sortant sa montre gousset hérité de son père, force fut de constater qu'un petit retard serait à déplorer. Heureusement que Fihörn dormait encore.

La fenêtre ouverte laissait entrer un soleil chaleureux. Le gazouillis des oiseaux perchés dans les coudraies sentait bon le printemps. Leurs chants chassaient les frimas de l'hiver tout en égayant une journée qui s'annonçait des plus belles. La douce odeur suave de l'herbe fraîche où s'accrochait encore la rosée du matin embaumait l'air. En tendant l'oreille, le ruisseau chantait entre les galets polis, entrainant le grincement mélodieux de l'aube du vieux moulin. Au loin, les cloches des troupeaux tintaient se mélangeant aux appels des bergers et vachers. La ville s'éveillait et avec elle ses habitants. Les cris rieurs des enfants emplissaient la vie de joyeuses comptines, de chansons et de courses effrénées. De l'embrasure de sa porte, Fihörn Feuilledethé les observait avec un large sourire.

Plus petit que la moyenne des Halfelins, ses yeux couleur noisette trahissaient son âge centenaire. De longues rouflaquettes grisonnantes encadraient son visage émacié et contrairement à certains de ses contemporains plutôt chauves, il conservait avec fierté une chevelure bouclée poivre et sel. Son faciès respirait la confiance, et ses rides profondes lui octroyaient de droit la sagesse des anciens, bien qu'il ne fasse pas partie des plus pondérés et encore moins des plus raisonnables. Il se distinguait par une barbe blanche bien taillée (très rare pour sa race), tirant sur le roux au-dessus des lèvres. Fihörn avait la fâcheuse habitude de tirer sur la vieille bouffarde héritée de son père. L'histoire de cette barbiche s'expliquait de la plus simple des façons : un voyage vers les terres froides de Tuz'Néol, où l'eau gelait à peine sortis du feu, un mauvais rasoir, et des péripéties multiples. Il se trouvait des excuses pour se cacher qu'au fond, la paresse en était la seule responsable. Il possédait un trait de caractère bien à lui : l'art de vivre en solitaire, pas que ses semblables l'ennuyaient, mais la compagnie dont Fihörn se sentait proche prenait l'apparence d'une immense bibliothèque comportant des milliers de volumes. Un collectionneur compulsif. Prit d'un soudain appétit il tourna les talons et s'enfonça dans l'obscurité de son doux logis.

Ostran Bonbaril approchait toujours à grands pas, et apercevait enfin le toit de chaume. Longeant la haie d'aucubas, il se présenta face au portillon en bois à la peinture écaillée et défraichie. La petite cloche de bronze oxydée tinta. De loin, il scruta l'obscurité par la porte restée ouverte, mais rien ne bougeait. Chaussant ses lunettes devant ses yeux observateurs il inspecta la maison de Fihörn espérant le deviner derrière une vitre, une ombre suffirait à son contentement. Elle commençait par une série de carreaux en marbre beige dont l'alignement avait été négligé, si bien que les mauvaises herbes en étouffaient les contours et les moindres interstices. Deux modestes jardins de forme rectangulaire, d'environ dix pas chacun, s'épanouissaient de chaque côté de l'allée. Celui de gauche rassemblait, au milieu d'un parterre de fleur multicolore, de lilliputiens arbustes, toutes sortes d'arbres nains et des jasmins à l'agonie qui manquaient assurément d'un bon arrosage. Le courtil de droite quant à lui, conservait un aspect plus sauvage, plus minimaliste, avec sa rocaille, son aubépine, ses muriers, ses ronces et son petit étang d'eau verdâtre où survivaient encore quelques poissons. Les murs en pisé, lézardé par endroit, avaient été rapiécés à la hâte donnant un caractère très ancien à la bâtisse.

Une lucarne basse, toujours ouverte, trahissait la présence d'une cave.

Un lichen grisâtre s'installait peu à peu sur les rebords des fenêtres faisant gonfler les linteaux de chêne et les volets n'en avaient plus que le nom. Passé les trois petites marches d'escalier, le visiteur se présentait devant une porte en bois massif, sculptée de runes anciennes et au vernis écaillé.

L'attente fut désespérément longue, à de nombreuses reprises il regarda la position du soleil, tout en faisant les cent pas. Ostran Bonbaril s'arrêtait de temps en temps et tapotait du pied tout en croisant les bras. La cloche tinta à nouveau. Fihörn arriva nonchalant comme souvent. D'un signe de la main, il l'invita à entrer.

— Bien le bonjour cher Ostran Bonbaril, heureux de vous voir dans ma modeste demeure.

— À vous aussi cher Fihörn Feuilledethé, répondit-il dans une demi-courbette.

— J'attendais votre visite, mais pas de si bonne heure.

— Pourtant il me semble être pourvu d'un certain retard, et également d'une surprise qui vous ravira, voici pour vous.

Ostran lui tendit l'ouvrage à la couverture de cuir. Fihörn s'en saisit rapidement et l'entraina à sa suite vers l'arrière de la maison, dans un jardin des plus exotiques entretenu d'une main de maître, même Ostran ne pouvait en soupçonner l'existence. À l'ombre d'un arbousier, une table de pierre héritée des nains était posée sur un sable blanc, au milieu d'un cercle de jacinthe. Des statues finement ciselées représentant des dames elfiques prestigieuses baignaient dans une herbe à peine sauvage. Fihörn déposa le livre délicatement, il se frotta les mains pour chasser la sudation de l'excitation. La reliure de très bonne facture était frappée du sceau des Hauts rapporteurs, petit groupe d'explorateurs dont la mission de compilation concernait tous les territoires historiques de Salt. Fihörn chercha fébrilement la seule et unique page qui justifiât son acquisition. Son visage s'éclaira d'un très large sourire. Il lut à haute voix.

« Les guides des royaumes de Salt rapportaient déjà l'existence de Roulecolline sur les cartes dès le premier millénaire. La population Halfelins, de petites tailles tirent leur force de leur famille et de leur communauté. Pourvu d'une chance absolument inépuisable. Leur insatiable curiosité entre souvent en conflit avec leur bon sens. Éternels optimistes voir opportunistes rusés, ils disposent d'un talent incroyable pour se sortir des pires situations. Leurs habitations s'entrecroisent sans que nul ne puisse y voir un quelconque schéma et pourtant tout va et vient vers le cœur de la cité. Ils aiment la couleur et sont souvent couverts d'étoffes couteuses. Fins commerçants, ils savent tirer le meilleur des bourses de leur client, mais toujours avec le sourire ». Il referma le livre et acquiesça de la tête. Abandonnant Ostran Bonbaril, ou plutôt le laissant dans l'embarras, Fihörn Feuilledethé emporta le volume sous le bras et disparut par une petite porte encadrée de lierre grimpant. Il traversa rapidement le couloir menant au hall. Face à lui une issue permettait d'accéder à la cave. Il tourna à droite et s'engouffra dans le salon. L'intérieur décoré avec soin dans un esprit chaleureux était très douillet et très bien équipé. Les meubles furent choisis avec une attention particulière toujours dans un pur régional ancien. Toutes les boiseries tiraient vers un ton clair, seul le plancher de chêne, bien usé, avait une teinte plus sombre. Des chaises bien confortables et aux couleurs vives étaient disposées devant une cheminée habillée de briques rouges. Deux tapis de filature humaine inspirés par les vieilles tapisseries de chasses au loup dans les monts de Tuz'Néol recouvraient le sol. La table massive, encadrée de banc, s'encombrait de livres. Des portraits aux visages d'aïeux racontaient l'épopée de la famille Feuilledethé. Un buffet bancal au vu de la cale sous son pied droit occupait un mur dépourvu de fenêtre. Un battant bas permettait d'accéder à une cuisine dans laquelle un large fourneau à bois en fonte noire laissait peu de place. Au fond du séjour, une porte fermée à clef menait à la bibliothèque. Le reste de la maison se constituait d'une unique chambre à coucher au lit très douillet et à couette épaisse.

La porte grinça sur ses gonds. Un rayon de lumière blafard pénétrait par une tenture mal fermée. Fihörn se dirigea d'un pas sur vers les rideaux et les ouvrit d'un coup sec, des flots de poussières se balançaient dans le faisceau solaire. La bibliothèque occupait un espace non modeste sur trois des murs de la pièce. Le plafond fut supprimé pour l'étendre jusqu'aux poutres du toit. Sur la structure de pierre, reposaient des étagères faites dans un bois des plus résistants du moins il l'était suffisamment pour supporter le poids de milliers de livres. Des moutons grisâtres, issus d'un ménage bâclé, trouvaient ici un pré. Un bureau très large dormait au centre de cette salle. La cire des bougies coulait depuis longtemps sur le rebord du meuble, tant elle s'était accumulée en des formes dégoulinantes. Cette pièce dépourvue de cheminée restait froide toute l'année, seul un petit poêle à bois empêchait Fihörn de geler sur place dans les hivers rigoureux. S'asseyant dans son siège, il plaça le recueil devant lui et observa l'œuvre de toute sa vie. Il finit par s'assoupir.

L'après-midi était bien avancé quand il ouvrit un œil, le soleil avait continué sa course et à cette heure réchauffait la façade de la maison. Fihörn prit un instant pour reprendre ses esprits. Surpris par le silence. Malgré les portes restées entrebâillées, il n'entendait plus les cris joyeux des enfants. Bondissant de son siège, il se dirigea vers l'entrée. Pas un bruit, pas un chant, pas de douces mélodies des oiseaux tous avaient disparu. Un tremblement plus fort que la veille secoua le sol. Et enfin les cris revinrent, mais ceux-là n'étaient point joyeux, ils respiraient la peur. Bourbe rue vit soudain la moitié de la ville se presser vers la rivière. Même Ostran Bonbaril, qu'il oubliait dans son jardin le matin même s'empressait de quitter sa boutique. Le visage blême de ce dernier et ses hurlements stridents n'annonçaient rien de bon, peut-être que ce vieux Ardaên se décidait finalement à cracher son venin de vieux volcan. Fihörn leva les yeux et huma. Rien, hormis le jasmin et cette poussière se déplaçant contre le vent. Pourtant ils couraient tous. Il se présenta au portail, posa la main sur le loquet et ses jambes défaillir. Un air vicié et poisseux vint à lui. Il se précipita vers sa maison, passa rapidement par sa bibliothèque, ouvrit la porte de la cave à la volée et disparut.

Adeonïme verset 1

De nuit, dans la plus grande discrétion, ils quittèrent Arkellia sur les rives de Iennoth en côte orientale de kadanna, avec pour tout bagage, une toile rapiécée, un panier d'osier et un dé du destin offert par un mage d'Estian. Ils fuyaient la vindicte des guerriers de Nord'élia mené par le roi mystique Gorbundus le plus puissant des anciens drakeïde encore en vie, qui informé de l'arrivée prochaine de Fadriel ordonnaient la destruction de tout un peuple.

Syless vieux, épuisé, le dos courbé et le front soucieux marchait devant la charrette en tirant sur la longe d'un bœuf têtu. Sa femme Calaia'thilon assise sur un sac de grain tenait dans ses bras frêles un enfant. Sous des haillons de nomade, une armure d'argent trahissait l'un des derniers hauts-elfes, protecteurs de la cité perdue d'Hutus Sumthus La Grande. Il partageait leur périple et sacrifiait son dernier souffle dans cette fuite.

— Quelle route devrons-nous emprunter ? demanda Syless.

— Nul ne le sait ! Notre chemin sera tracé au hasard de nos rencontres, cependant nous passerons par l'une des cinq ceci est écrit ! répondit le capitaine elfe Leete.

— L'une des cinq ?

— Oui, par l'une des cinq forteresses érigées dans le temps des alliances ! Tout dépendra de ce choix et le moment venu, vous pourrez m'interroger sur le gardien qui occupe la place et qui se dressera contre vous, mais entendez bien ceci, nous nous interdisons d'intervenir dans votre destin, les informations entre notre possession ne vous seront transmises qu'après votre décision.

Le protecteur ferma la discussion, Leete savait que ces villes avaient souvent inquiété son peuple au cours de l'ère première, mais les elfes ne pouvaient s'opposer à ce qui est en marche.

Chapitre 2

Blotti au fond d'un tonneau d'ambroisie vide, il me reste encore assez de temps, de force et de cire pour terminer mes mémoires. Moi qui pensais achever mon œuvre devant un thé citronné au crépuscule de mon existence, me voilà fort désappointé face à la tâche que je me dois d'accomplir en un battement de cil.

Aussi loin que je me souvienne, nul danger, hormis Ardaên, n'avait étreint les royaumes des mondes de Salt en deux millénaires, du moins, pas dans les souvenances des pères de nos pères. Et l'histoire commune aux peuples de nos contrées n'en faisait aucune mention. Mais je dois bien admettre que mon érudition du Salt ancien se limite aux récits des elfes et des hommes, dont les contes héroïques ont supplanté bon nombre de culture séculaire. Notre dialecte disparaissait lors de l'unification des langues Sindarin, khuzdul et Adûnaic, seul en restait quelques traces dans d'obscurs grimoires poussiéreux conservés en ma bibliothèque qui, à cette heure, devaient brûler au milieu de Bourbe rue. Drôle de pensée que de m'émouvoir pour mes vieux livres alors que ma propre vie se trouve menacée. Je devrais pâlir de honte, mais la connaissance m'importe plus que ma sécurité.

En cette heure de grande peine, je me demande par quel cheminement sombre et tortueux, notre monde a-t-il pu permettre l'émergence d'une telle désolation ? Les anciens de nos villages, qui se présentait tantôt en sage tantôt en guide spirituel, ne se sont guère souciés des royaumes au-delà de nos frontières, et la repose bien le problème ! Mais en ce jour, ou, les cors sonnent et que les pas résonnent en dessous et en dessus des pierres, que les rires rauques envahissent l'air emplit de poussière, le temps de s'inquiéter s'en est allé ! L'ère cinquième s'achève ainsi, au milieu du flétrissement du monde, et j'en serais l'un des témoins, du moins si une solution venait à moi pour me sortir de cette futaille de liqueur.

Un craquement interrompit Fihörn lui arrachant un frisson. La plume se crispa laissant une épaisse goutte baveuse se répandre sur le papier. Tapi au fond de son abri, il tendit l'oreille et souffla la bougie. Des langues grinçantes entremêlées de rire éraillé se répercutaient sur les murs de la cave étroite. Le courage lui manquait bien plus que la curiosité, du bout de l'index il poussa le bouchon de liège qui scellait le tonneau pour y glisser un œil. Par le trou s'insinua une faible lumière. Seules des ombres surnaturelles se mouvaient dans un air vicié par une fumée irritante qui entrait à plein flot par la petite lucarne restée ouverte. Une odeur nauséabonde vint à nouveau lui emplir le nez. Au portail, avant sa fuite, il savait déjà qui pénétrait dans le village de Roulecolline.

Un orc crasseux circulait entre les barriques les frappants du pommeau de sa dague espérant trouver une excellente cuvée, mais toutes sonnaient creux. Son tour arriva bientôt. Fihörn se recroque-villa serrant son manuscrit contre sa poitrine. Un son lourd réson-na dans ses oreilles, il s'attendait à être pris et le silence fut.

Un ruisseau bleu coulait au milieu d'une clairière verte, entou-rée d'une épaisse forêt. Chênes et châtaigniers s'entrelaçaient pour cacher derrière leurs branches courbées, ce petit écrin de verdure. À cette époque de l'année, tous commençaient à revêtir leur appa-rat doré et rouge pour accueillir un automne bien mérité après les étouffantes braises d'un été trop long. Le jeune Fihörn occupait, avec des visages flous, une bergerie au mur de pierre et à la toiture basse. Assis sur un banc, à l'ombre d'un pommier, il ne se préoc-cupait guère de la brise qui traversait l'herbe jaune, annonciatrice d'abondantes averses dans un temps prochain.

Joueur, rêveur, enclin à la paresse, il préférait flâner, au milieu des coquelicots et des marguerites en tirant de longues bouffées sur la vieille pipe en bois de son père. Les jours s'écoulaient calmes et sans surprises d'aucune sorte, et il faisait tout son pos-sible pour que rien ne change, cela suffisait à son bonheur et Fihörn s'en contentait. Mais une irrésistible force le poussa en avant, il partit en direction des champs de blé bien mûrs. Le che-min remontait en pente douce jusqu'à un arbre solitaire, arrivé à ses pieds tout en racines noueuses, il se retourna. De loin, l'état des murets de pierre que le père de son père avait construit ne ressemblait plus qu'à de petits éboulis, d'où sortait une vie trépidante faite de fourmis, de lézards et d'herbes folles. La contemplation prit fin, interrompue par un orage pressant. Les premières gouttes, lourdes et chaudes, tachèrent sa veste de velours vert. D'un geste de la main, il tentait d'évacuer cette salissure, sans grand résultat. Levant les yeux au ciel pour apprécier la menace, il comprit que le moment était venu de se mettre à l'abri. Le premier éclair zébra les nuages qui se noircissaient rapidement. La bergerie proche au début s'éloignait un peu plus à chaque pas, jusqu'au moment où elle n'était plus qu'un point sur l'horizon. Une voix aérienne et perçante, vestiges d'une autre vie, se répercutait à ses oreilles.

— Ton existence ne se termine pas ici. Ils ne te trouveront pas. N'oublie pas le messager. Cherche en toi ce qui fût et tu te découvriras. Éveil toi à présent, éveil toi !

— Réveillez-vous Fihörn Feuilledethé !

Son corps mou était secoué dans tous les sens par des mains fermes et énergiques. Il ouvrit un œil pour s'assurer d'être encore et qu'aucun orque malicieux ne lui jouait une comédie. Ouvrant le deuxième, il dut patienter un instant, le temps que le flou s'en soit allé. Quelle surprise en voyant Ostran Bonbaril penché au-dessus de lui, son faciès couvert de suif. Ses yeux verts et ronds légèrement enfoncés s'emplissaient de larmes, ils perdaient cette expression franche de boutiquier. Ses sourcils touffus et arqués ressemblaient à deux balayettes épaisses à cause du charbon qu'était devenu Roulecolline et qui s'accrochait aux poils. D'ailleurs, tout son visage subissait cette triste transformation. Ses rouflaquettes et ses cheveux collés par la sueur et la boue, passaient du châtain au gris sans même que la vieillesse n'est atteinte Ostran. Seules ses dents bien blanches tranchaient derrière ses lèvres couleur nuit. Le gaillard bien joufflu semblait avoir vieilli de cent ans en quelques heures, tout en perdant le gras des ortolans. S'aidant de la main ferme de cet ami improbable Fihörn se redressa. Prit de vertige il dut se pencher en avant et ses yeux ne purent se détacher de ses pieds dépossédés de ce duvet qui caractérise un Halfelin.

— Nous ne pouvons pas rester dans votre cave, dit Ostran le souffle court.

— Certes, mais notre survie dépendra de deux choses, d'une bonne cachette et d'une grande discrétion le temps que cette tempête passe. Êtes-vous l'unique survivant ?

— Non, les autres ont fui en descendant la rivière pour gagner Fleurdepomme

— Ils grossiront la population de Fleurdepomme qui cédera aussi à la panique, car toute la vallée se sauve devant cette armée d'orques, tous iront à Potaconfiture, puis au village de Hautchardon et ensuite...

— Et ensuite ?

— Et ensuite le flux de rescapé se retrouvera face à la mer de Boffin sans possibilité de retour avec des bataillons d'orques dans le dos ! Leur seule chance, prendre le chemin caché pour atteindre le col de Kerad-Ghesh, c'est d'ailleurs par-là que nous quitterons le val. En attendant, trouvons de quoi nous habiller.

Tout était sens dessus dessous. Ses précieux livres éparpillés, déchirés. Fihörn resta prostré un long moment. Les yeux hagards, revivant dans sa mémoire les instants joyeux. Là le fauteuil de son grand-père qui le prenait sur ses genoux pour lui raconter l'épopée de Corrin Feuilledethé qui parcourait la lande sur un bouc tacheté, là-devant la cheminée, il se revoyait jouer sur le tapis moelleux avec son canard en bois tandis que son père y plaçait une énorme buche et là dans la cuisine sa mère préparant une tarte pomme qui finirait à refroidir sur le rebord de la fenêtre. Les souvenirs ne vivent que dans l'esprit de la personne à qui ils appartiennent, Fihörn le savait, c'est pourquoi il entamait la rédaction d'un mémoire dans l'espoir qu'un jour, un autre Halfelin collectionneur, range son oeuvre dans sa bibliothèque, c'est pourquoi il tenait son manuscrit si fermement.

Seule la chambre échappait à la ruine. Le coffre au pied du lit contenait des habits peu discrets. Il les jeta en tas sur le sol. Ostran fit la grimace.

— Vert pomme, rouge rubis, jaune bouton d'or, pas un vêtement de voyage.

Fihörn se contenta d'acquiescer. Il ajouta.

— Comment se sortir de cette situation épineuse, je ne me vois pas parcourir la campagne nu comme un ver.

— Certes non, à moins que… retournons sur nos pas à la cave.

— Pourquoi redescendre ? demanda Ostran avec beaucoup d'inquiétude dans la voix.

— Cet hiver, par pur hasard j'ai découvert une très vieille malle sous un tas de bois entre deux imposants tonneaux. Pas de nom, pas d'étiquette. Après moult efforts je n'ai pas réussi à casser le cadenas.

— Et alors ?

— Quelque chose au fond de moi me dit d'insister, cela sera peut-être une perte de temps, mais je veux suivre mon instinct pour une fois.

La malle était bien là où il l'avait dit. Une de ces malles de voyages fabriquées par les hommes et exclusivement utilisées par eux. Le gros cadenas rouillé en bloquait l'ouverture.

— Diable, dit Ostran, en voici un bien drôle d'objet. Il y a fort longtemps que je n'ai pas vu un Loctarum !

— Un quoi ? demande Fihörn surpris.

— Un Loctarum, un objet fabriqué par des nains aux mains agiles, il ne s'agit pas d'un cadenas et tenter de le forcer ne servirait à rien.

Ostran le prit à deux mains pour l'observer.

— Comment faire alors ?

— Astucieux système que…

Le Loctarum se séparera en deux parties dans un cliquetis à peine audible.

— …ces deux petits boutons cachés dans le fin décor ciselé. Mon étonnement est certain, vous l'érudit vous n'avez pas trouvé la solution au fond d'un vieux livre.

Fihörn lui adressa un sourire et souleva un coin de la malle, histoire de jeter un coup d'œil. Au milieu de la poussière, de carte, de manuscrit en langues perdues, une épée effilée pointait vers le haut. Il bascula complètement le couvercle, un message à moitié effacé par l'usure du temps était fixé à l'intérieur du coffre. D'une main fébrile, il arrache délicatement la lettre. Fihörn apprécia la qualité de l'elfe érudit qui traçait ces caractères. Une écriture très raffinée et très aérienne. La première partie était à peine lisible et le reste du texte ne se portait pas mieux, mais quelques mots ressortaient. Se servant de ses connaissances il entreprit une lecture difficile.

« Don de Leete dernier hauts-elfe, protecteur de la cité perdue d'Hutus Sumthus La Grande. L'épée Aube filante vous protégera, seule la main du messager peu en empoigner la garde et découvrir son pouvoir. Les vêtements de mon peuple vous protégeront des intempéries et vous tiendront hors de vision de vos ennemis. Puisez en vous pour connaitre votre destinée. »

— D'après moi il s'agit d'une forme de Tangwar Annatar très ancienne. Ma traduction sera imparfaite et incomplète. Il est question d'un don, d'une épée Aube filante, de vêtements qui protègent des intempéries et des ennemis. Le reste est illisible.

— Je saurais me contenter de ça, dit Ostran. Voici les accoutrements d'un vert peu saillant et à mon avis peu confortable.

— Ce n'est pas leur but premier ! Personnellement, je préfère être au sec et invisible

Ils revêtaient le don des elfes. Les tenus s'adaptèrent parfaitement à leur anatomie, les tisserands de ce peuple maîtrisaient à la perfection le fil enchanté.

— Nous devons nous mettre en route, mais avant trouvons des provisions et de l'eau.

— Et que faisons-nous de tout ça ?

Ostran montrait le reste des documents au fond de la malle. Fihörn s'interrogea et fourra le tout dans un sac de toile rugueux. Ils regagnèrent le vestibule et se dirigèrent vers le portail arraché. Fihörn prit d'une vive émotion se retourna. Il balaya une dernière fois son doux logis.

Adieu ma demeure, adieu mon âtre,

Il faut que je te quitte ô doux logis,

Pour franchir monts et forêts,

Non pour une quête, mais pour ma fuite,

Adieu douces clairières de mon enfance,

Adieu douce rivière brumeuse,

Je penserais à vous à travers pluie et neige,

Un grand inconnu m'attend de l'autre côté du pont,

Et l'ennemi aussi.

La voute céleste sera mon toit,

Une caverne fera une chambre,

Et les feuilles un lit douillet.

Un jour, peut-être notre fuite aura cessé,

Et vers toi je reviendrais.

Adieu ô doux logis

Bonbaril impatient le tira par le bras. Passé le portail tout était désolé. Sa bibliothèque brûlait encore, des flammes léchaient les dernières couvertures de cuir. Du regard il constatait le triste sort réservé à la connaissance. Du pied il éteignit une braise prête à faire son œuvre. Par miracle, il en sauverait au moins un. Il portait le sceau des Hauts rapporteurs.

Adeonïme verset 2

Depuis leur départ, Leete protecteur de la cité perdue de Hutus Sumthus venait à de nombreuses reprises parler en songe à Syless afin que nul n'entende.

— L'enfant doit survivre, tu le conduiras sur le chemin de la vérité, jusqu'à son accomplissement. Le pouvoir des hauts-elfes ne serait être une protection suffisante, tu te devras de trouver des alliés parmi toutes les formes de vie de ce monde. Par trois miracles il deviendra. Le premier vous donnera la nourriture de l'homme, le second purifiera votre corps et le dernier sauvera votre âme, mais à aucun de ces moments tu ne devras être troublé, il n'accomplira que la volonté d'Afae'lashal. Laisse-moi partager avec toi les dernières paroles qu'elle me confia à ton dessin : « Lorsque Calaia'thilon ta femme, entrera avec l'enfant dans la cité du hasard, toutes les statues tomberont au sol et tous se prosterneront. Lorsqu'on en informa le Gardien de la ville, il viendra votre rencontre au cœur du siège terrestre d'Afae'lashal. La haine rongera son âme, il s'approcha de Calaia'thilon et de l'enfant qu'elle porte dans ses bras, en brandissant Sumess solen la clé du destin ». Ne demande pas ce qu'il adviendra, seuls tes actes auront une réponse au moment où ils auront le plus besoin de toi. Mais là ne sont pas les seules paroles d'Afae'lashal. Par sa connaissance de votre monde, elle sait qu'il existe une autre voie et t'invitera, si l'échec se présente, à lui confier l'enfant en le sacrifiant sur son autel. Il entrera en son sein pour renaître en un autre, là est la parole d'Afae'lashal notre reine. Maintenant, endors-toi profondément et goute à un repos bien mérité. Demain, de nouvelles épreuves nous attendent. Et souviens-toi de ce nom : Loat.

Chapitre 3

Fihörn Feuilledethé et Ostran Bonbaril descendaient Bourbe rue en longeant les murs. L'air sentait la fumée et la mort. Roulecolline désertée de ses habitants n'était plus. La place centrale habituellement si bruyante laissait un gout amer de fin du monde.

Une journée d'invasion avait suffi pour réduire à néant l'œuvre d'une communauté. Bourbe rue et le chat titubant, les deux artères principales de la ville étaient bordées de tas de pierres et de cendres. Comment imaginer qu'ici il existait les Bains publics de La Chèvre riante à la façade bleu pastel et aux volets rouges, une Maison des notables, couleur citrouille transformée en des gravats méconnaissables, une Maison des prières habillée de calcaire blanc, pillée, saccagée et éventrée, une Taverne du Diable Triste dont le contenu se trouvait répandu sur la place publique et qui fumait encore. Tout ce qui donnait un visage pittoresque et une identité propre à Roulecolline était balayé. Les roulottes renversées espéraient le retour des boutiquiers, l'eau de la fontaine pleurait les Halfelins disparus.

Les orques détruisaient un village ne représentant qu'une parenthèse dans leur avancée vers le sud. Qui envoyait cinq mille soldats contre cette ville martyre ? D'ailleurs d'où venaient-ils ?

Fihörn et Ostran s'assirent sur un muret pour accuser le cout, la tristesse serrait leur cœur et une colère profonde montait en eux.

— Il ne reste rien hormis deux Halfelins égarés, dit Ostran en essuyant une larme.

— Du charbon, des scories et quelques bannières déchirées. Notre passé s'en est allé par le feu et la ruine. Mais par chance, deux valeureuses petites âmes sont encore en mesure de conter les évènements qui se sont déroulés ici.

Fihörn serra le poing pour enfoncer au plus profond de lui la peine. D'un bond, il se leva et invita son compagnon à préparer leur départ vers une contrée plus accueillante. Ils se dirigèrent vers la taverne dans l'espoir d'y trouver quelques victuailles.

L'emblématique enseigne en forme de diable était toujours en place. Elle ouvrait ses portes voici deux bons siècles. À l'origine, exclusivement destinée à une population locale, sa renommée gagna rapidement le reste du val. Tant par sa cuisine authentique faite de queues et pieds de porc marinés que part son ambiance pleine de rires et de chants. Les ménestrels racontaient des histoires de chevalier, de princesse et de Héros. Et la bière coulait à flots pour le plaisir de tous.

Les lourds panneaux de chêne, arrachées de leurs gonds n'empêchaient plus d'entrevoir l'intérieur. Tables et chaises avaient volé en tous sens. Le mur de gauche, éventré, laissait pénétrer la lumière du jour. Le comptoir n'existait plus. La cheminée, qui abritait jadis un feu réconfortant pour le voyageur n'était plus qu'un amas de brique. Autrefois très conviviale le Diable triste portait bien son nom à présent. Plus un bruit, plus un rire, juste le souffle du vent passant à travers la pièce. De la légendaire cuisine, il ne restait rien, même pas un quignon de pain. Fihörn et Ostran devaient se rendre à l'évidence que le début de leur fuite commençait fort mal. Le ventre vide et le pied lourd, ils se dirigeaient vers la sortie de la ville.

Après la dernière maison du village sur la gauche, le chemin les mènerait vers le quai, de là, ils longeront la rive de la Morne, contourneront la forêt de Huht, pour se retrouver non loin du sentier caché. La marche serait longue. Le chemin rocailleux descendait de la colline en pente douce, malgré quelques racines noueuses prêtes à faire tomber le voyageur rêveur. Le débarcadère était toujours en place, seul le ponton avait disparu. Des épaves dressaient leur poupe ou leur proue au-dessus de la surface trouble de la rivière, ultimes témoins des ravages qui eurent lieu ici. Avec prudence, Fihörn et Ostran s'engagèrent sur la grande route du sud. Dès le premier instant, une chose inhabituelle se passa. Un bruit étrange fait de clic et de clac. Rapidement, ils se mirent à couvert dans les fourrés proches de l'eau calme. Dissimulés dans cet abri de fortune ils tendaient l'oreille, le cœur battant, et prêt à courir le cas échéant. Le cliquetis et le clapot se mélangeaient et s'arrêtèrent brusquement.

— Difficile d'appréhender le danger sans le voir souffla Fihörn, la tentation est trop forte.

Ostran tenta de le retenir par le bras, mais en vain. Il émergea du buisson, et fût interpellé par une voix inconnue.

— Ne sortez pas où faites demie tour ! Des orques patrouillent le long des berges.

Feuilledethé resta bouche bée pendant une poignée de secondes, mais la curiosité l'emporta comme pour tout bon Halfelin qui se respecte.

Bien plus grand il était de la race des hommes, Fihörn se souvint du livre « des discours de Serthion » qui contait l'épopée humaine. Ils sont établis très loin dans l'est de l'autre côté de la mer des Sernats dans les cités de royaume de Thovarin. Au premier millénaire, ils occupaient la majeure partie de Salt, mais les jours noirs (famine et maladie) ont presque éradiqué ce peuple et sans l'appui des elfes ils auraient disparu. Une armée Estrienne tenta de reprendre les terres qui jadis appartenait à cette peuplade ce qui détériora les relations avec les Séfan'yne (elfe syllanien), car ces derniers trahissaient l'allégeance faite aux reines de Hutus Sumthus La Grande.

Mais quand Athalion haut roi de Thovarin eut besoin d'hommes de valeur pour lutter contre les armées du néant de Gorbundus et ainsi renforcer des liens avec ses alliés elfes, tous répondirent à l'appel. En gage de bonne foi, ils envoyèrent leur fils rejoindre les troupes du général Fislam'lonael gardien de l'Ubi'ë ou lame des anciens. Cette tradition a perduré durant des siècles pour finalement s'éteindre.

Le déclin des hommes de l'est commença à la fin du second millénaire après la bataille des ordres qui fit de terribles ravages dans tous les royaumes. Après des défaites successives, ils mirent longtemps à reconstituer leurs forces. Leurs amitié et fidélité avec Hutus Sumthus La Grande s'exprimaient pleinement dès le début de la guerre des cents. Dation, héritier du trône de Thovarin, engagea ses cavaliers qui combattirent bravement pour finalement se briser contre les lignes des orques de Hugarth. Certains en réchappèrent et disparurent.

— Ne soyez pas troublé, Monsieur.

— Je ne le suis nullement ! Mais que fait l'un de votre race si loin de sa terre et au milieu du val de Sourn ?

L'homme vint à lui, Fihörn prit le temps de le dévisager. Ses longs cheveux bruns retombaient sur une veste de voyageur en cuir de porc teinté noir maintenu fermé par une ceinture à boucle argentée comportant des armoiries presque effacées. Le reste de sa tenue se composait de vêtements Sylvain dans des tons de verts discrets. Ses yeux bleus le scrutaient intensément. Malgré un visage peu marqué et une barbe de quelques jours, il semblait avoir atteint l'âge des sages, ou du moins en apparence.

— Je me nomme Adanedhel de Thovarin, dit-il avec un sourire bon et généreux. Je campais à quelques lieues d'ici quand j'ai entendu les cris.

— Mon nom est Fihörn Feuilledethé et voici Ostran Bonbaril qui sort de derrière les arbustes.

— Vous êtes les habitants de ce village Halfelin ? Reste-t-il âme qui vive ?

— Tous sont partis pour le sud, nous sommes les derniers à fuir et devons-nous rendre au chemin caché pour emprunter le col Kerad-Ghesh…

— Vous ferez face à de nombreux ennemis sur cette route ! Gagnez North-Illum, le passage est sûr.

Adanedhel les regardait fixement passant de l'un à l'autre dans l'espoir qu'ils acceptent. Il ajouta.

— En quittant la route et en prenant à travers champs vous serez en relative sécurité, ne voyagez que de jour. Vous m'excuserez de vous abandonner à votre sort, mais j'ai encore à faire dans le val, je dois vous laisser.

Adanedhel rangea sa longue lame elfique, les salua et reprit sa course vers le sud.

— Ami ou ennemi ? demanda Ostran

— Ami je pense, et son nom ne m'est pas inconnu.

Écoutant les conseils d'Adanedhel, Fihörn et Ostran coupèrent à travers champs. Ils marchèrent jusqu'au dernier rayon du soleil.

La première étoile apparue dans le ciel marquant l'arrivée prochaine de la nuit. Droit devant eux se dressait le vieux moulin à grain du père Wellbi. Une chance.

La porte grinça dans la pénombre, ils pénétraient sur la pointe des pieds.

— Refermez la porte derrière vous et ne parlez pas !

Une ombre se détachait devant une petite fenêtre.

— Décidément, nous nous rencontrons souvent maître Fihörn, approchez-vous dans la plus grande discrétion et regardez.

À l'extérieur, des feux consumaient d'énormes buches. Au milieu des tentes, des rires rauques se faisaient entendre. Une armée orque campait à proximité. Au moins deux mille. Des odeurs de mauvaise nourriture emplissaient l'air. Tout devenait nauséabond.

— Quel fumet désagréable ! dit Ostran en se pinçant le nez.

— De la chair humaine, tout un bataillon chevaux compris, le dernier régiment libre d'Othar, des vétérans sous bannière mercenaire, l'affrontement à durée moins d'une heure.

— Et vous ? Que faites-vous ici ?

— Une semaine que j'épie leurs faits et gestes, une mission importante qu'un mage d'Estian m'a confiée voici plusieurs mois, bien avant que tout ceci ne commence. Ce soir, restez en ce moulin en espérez qu'ils ne sentiront pas notre sang.

Adanedhel monta la garde toute la nuit. Au petit matin, la colonne d'orque se mit en branle, dans des sons de cor et de tambour. Ils laissaient derrière eux une désolation sans nom. L'humain fut le premier à sortir, partant en avant pour explorer les restes du campement. Peu de temps s'écoula avant son retour. Il posa un sac de jute plein de pommes succulentes. Fihörn et Ostran se jetèrent dessus et se remplir l'estomac jusqu'à plus faim. Adanedhel quant à lui avait repris sa position de guetteur, un morceau de tissu déchiré entre les mains. Quelque chose l'intriguait, son visage ne laissait que peu de doute. Fihörn s'approcha pour mieux voir.

— Il se traduit par bien par Hugarth, les bataillons d'orques de la légende ? demanda Fihörn.

— Ce n'est pas une légende ! Tout ceci a réellement existé ! Mon peuple ne fut pas suffisamment héroïque pour les affronter, nous avons failli et conduit le monde vers les ténèbres.

— Adanedhel vous êtes l'héritier du trône de Thovarin, je connais votre nom au travers des cycles de Serthion qui ne manque pas de souligner que vous êtes un homme d'honneur et d'un courage sans faille.

— Et pourtant je suis torturé. Depuis mon couronnement, voici déjà cinq lunes, le poids de l'héritage de mon père adoptif est devenu un fardeau. Mon nom s'associe malgré moi à l'échec et la trahison ! Je dois redorer le blason de ce royaume, mais j'ai peur d'avoir en moi les mêmes faiblesses que mes aïeux, préférant la fuite au combat, préférant les jeux d'ombres au regard sincère.

Adeonïme verset 3

L'air sentait la poussière soulevée par le vent. La route d'Ésiop qui les mènerait au port de Sheddin était longue et épuisante. Calaia'thilon souffrait dans son âme d'elfe, sa lumière s'éteignait, elle désirait se reposer un peu. Syless dans son cœur d'homme fatiguait sous un âge avancé et l'inquiétude le gagnait. Le bœuf tirait le chariot pour franchir le col de Muunde. Leete parti en avant leur indiqua la présence d'une habitation en ruine. Syless s'empressa d'y conduire femme et enfant. Les vieilles ruines abritaient un arbre et de cet arbre viendrait un miracle.

Après que Calaia'thilon se fut installée à l'ombre du cerisier avec le petit enfant assis sur ses genoux, l'arbre s'inclina aussitôt jusqu'à ses pieds. Des murmures en langue Sindarine emplirent l'air.

— Que jaillissent de tes racines les sources cachées, que Nén soigne tes blessures et restaure ton étoile.

Aussitôt une source d'eau limpide et fraîche se mit à couler, et les voix reprirent.

— Nous vous accordons la grâce des Ondines qu'elle vous accompagne au milieu des cendres et des feux.

— Vous êtes touché par la grâce d'Afae'lashal la reine des reines, tous les pouvoirs donnés aux peuples elfes obéissent à sa volonté. Buvez l'ondée réconfortante, car la suite de notre voyage ne saurait être exempte de peine et de mal. Nous aurons besoin de toutes nos forces pour affronter les épreuves. Reposez-vous, car bientôt nous rencontrerons Loat le dernier, première étape de votre destin.

Chapitre 4

Le chemin descendait vers le sud en pente douce. Longeant le pied des montagnes ils pénétraient tous trois dans les bois de Huht. Adanedhel décidait de les accompagner. Le sous-bois clairsemé, où s'entremêlaient des fougères ptéridium et des cornouillers rouges, devenait plus dense. La très vieille forêt de fagacées sombre et humide ne laissait pas entrer les rayons du soleil.

Les ténèbres la faisaient sombrer dans un sommeil sans rêves. Les brindilles sèches craquaient sous les bottes. Un tapis de feuilles mortes jaunissait le sol et cachait les sentiers si toutefois ils en fument tracés par le passé. Des bruits étranges montaient dans les branches et de petites créatures se faufilaient dans les fourrés rompant le profond silence qui les entourait. Un air vicié presque asphyxiant se propageait entre les troncs des chênes et des châtaigniers. Plus leurs jambes les portaient en avant plus l'obscurité marquait sa présence, tous bruissements et bourdonnements avaient disparu et derrière eux le chemin se refermait. Ils luttaient contre des peurs intimes, et n'osaient guère regarder la noirceur droit dans les yeux par crainte de rencontrer au détour d'une souche un bestiaire cauchemardesque. L'enfer sylvestre existait bel et bien, terrifiant par essence. Les forces du Mal semblaient à l'œuvre en ces lieux d'abomination. Les ombres engloutissaient les voyageurs perdus tout comme le loup usurpateur dévore les enfants entrant dans son antre. Ils pourraient trépasser corps et bien sans que nul ne s'inquiète de leur destin.

La magie du jour s'éloignait, celle-là même qui refuse le passage de la tyrannie de l'obscure dans le monde des vivants. Des lucioles scintillantes, seules survivantes d'une nature ancienne, s'éveillaient à la faveur de la nuit. Virevoltant entre les feuilles et les branches, elles s'approchaient sans crainte des malheureux voyageurs. Fihörn Feuilledethé, Ostran Bonbaril et Adanedhel n'avaient plus d'yeux que pour ces petites créatures. Ces hypnotiques petits êtres inoffensifs, les rendaient sourds et aveugles à toute autre chose en mouvement ou au moindre bruit suspect.

Un grincement lointain se répercutait sous la voute des arbres. Répétitif dans son mouvement. Les lucioles s'éparpillèrent et s'évanouirent. Adanedhel fut le premier à s'éveiller. Secouant la tête pour reprendre ses esprits, un crissement mêlé de gémissement vint à son oreille. Sortant de sa torpeur, il harangua Fihörn et Ostran pour les sauver de leurs douces rêveries trompeuses. Sans trop comprendre pourquoi, la panique s'empara des deux Halfelins, il leur ordonna de se cacher. Sur une ancienne piste, depuis longtemps disparue, dodelinait un vieil homme voûté, d'une extrême maigreur et vêtu d'un suaire noir. Un capuchon à larges bords masquait son visage. Des mains sans chair tenaient les rênes d'un char à banc tiré par deux chevaux dont il ne restait que les dépouilles fantomatiques. L'essieu grinçait.

Les anciens ne craignent pas le dernier soupir physique, pour eux, elle représentait la fin d'un monde lugubre et la renaissance dans une contrée scintillante et verdoyante. Ils concevaient la mort et la vie comme des choses simples et naturelles. Mais cet être les effrayait, son apparition était un signe annonciateur de mauvais présages et l'entendre signifiait que bientôt rôderait le spectre du tombeau.

Le maître de l'au-delà arrêta l'attelage. Lâchant les brides, il pointa un doigt décharné dans leur direction. D'un geste rapide, le serviteur de la mort ôta son capuchon laissant apparaitre sa face morte. De longs cheveux blancs entouraient son crâne squelettique. Un visage sans nez ni peau. Au fond de ses orbites noires brûlaient deux petites flammes bleues.

— Là, dit-il dans un murmure long se perdant dans un souffle. Vous êtes là.

Adanedhel sortit sa lame, prêt à affronter cet adversaire, en abandonnant de sa cachette, il affirma.

— Je ne te crains pas spectre et ne crains pas la mort !

Fihörn s'accrocha à sa cape pour le retenir voyant que cela ne suffirait pas Ostran en fit autant.

— Contre lui nous ne pouvons rien ! cria Feuilledethé.

La pèlerine se décrocha. L'homme se jeta sur le cadavre. Le tranchant de l'arme elfique se rapprochait dans un bruit de vent de la tête du décharné. Il leva le doigt. Elle étincela, grésilla et disparut des mains d'Adanedhel dans un éclair aveuglant. Il s'arrêta net, surpris. D'un nouveau geste de son os, il le paralysa. Fihörn Feuilledethé et Ostran Bonbaril sautèrent sur le pied brandissant les poings pour défendre l'infortuné Adanedhel. Le spectre de la mort tourna son regard vide vers eux.

— Gel du temps ici et maintenant !

La course du temps se figea.

Des formes fantomatiques, assis à l'arrière du char à banc, attendaient. De leur corps émanait une étrange lueur verte et translucide. Nulle vie n'étreignait leurs yeux vides et résignés. Ils étaient morts et ils le savaient. Des hommes, des nains, des elfes, des Halfelins, beaucoup Halfelins. Ils pouvaient les voir. Figés comme des statues, Fihörn Feuilledethé, Ostran Bonbaril et Adanedhel redoutaient leur tour soit venu, allongé là sur le bois pourri.

La charrette aux odeurs de charogne était un portail vers le néant. Adanedhel regarda dans l'abîme où deux forces s'affrontaient. Il pouvait ressentir le bien et le mal. L'obscure d'Inférnia n'était qu'un volcan, aux versants de braises incandescentes, souffre et air empoisonné, face à elle de l'autre côté d'un gouffre sans fin, s'étendait Indomia la blanche, contrée scintillante au doux parfum de miel. Sur chaque rive, des formes fantomatiques traçaient leur chemin. Au-dessus, planté dans la voute céleste, Yggdrasil prenait racine dans les deux mondes et à ses pieds vivaient les trois Nornes. Urn le passé, Verdandi le présent, et Skuld le futur. Elles tissaient le destin de tous.

Adanedhel s'interrogea sur sa destinée et sur l'heure de sa propre fin. Quand viendra l'heure des trompettes graves, des pleurs incessants, des visages blêmes et de la mort embaumée ?

— Bien assez tôt ! Résonna une voix dans sa tête. Je viens de te montrer ce qui sera dans un proche avenir ! J'emporterai ton âme et celle de tes compagnons ! Maintenant, je dois vous remettre sur la route !

L'éclair ne dura qu'un bref instant. Fihörn Feuilledethé, Ostran Bonbaril et Adanedhel se retrouvaient à nouveau dans la forêt sombre. Le grincement s'éloigna et disparut. Lorsque se leva un vent tempétueux les forçant à se protéger le visage. Il fouetta le sol de son air vif, jouant entre les arbres, roulant et déboulant entre leur jambe pour finalement s'éteindre. Retirant leurs mains de devant leurs yeux, ils ne purent croire qu'une ancienne route pavée dormait sous l'épais duvet de feuilles mortes. Construite par les elfes du premier millénaire, elle traversait toutes les villes et villages, reliant tous les peuples. La voie s'étendait comme un fil sans fin et se terminait au loin en un point lumineux qui en indiquait la sortie. Adanedhel s'agenouilla et adressa une prière au vieux passeur en langue commune.

Ils marchaient depuis des heures avec la faim comme compagnon. La lassitude d'un voyage trop long gagnait peu à peu la petite troupe.

— Fourbu je suis après une telle course dans cette forêt obscure, humide et mal fréquentée ! Je ne serais pas contre un bon feu, un morceau de porc salé et une bonne pipe, dit Ostran épuisé.

— Je rejoins votre pensée Maître Bonbaril. Les cartes font mention de relais pour les messagers le long de cette ancienne route. Si notre chance ne nous a pas abandonnés, nous devrions bientôt trouver un abri, répondit Adanedhel pour le rassurer.

Fihörn regardant devant lui écoutait leur conversation. Un large sourire éclaira son visage fatigué, suivi d'un souffle de soulagement. Un vieux baraquement nain, décrépi, pris dans les racines noueuses d'un chêne gigantesque était déjà visible à une centaine de pas.

Les murs en pierre taillés se tordaient entre les pattes de l'arbre. Lierres grimpants et vignes vierges s'accrochaient dans les moindres fissures. Le clan Creuseprofond avait construit cet endroit comme en témoignaient les gravures au-dessus de la basse entrée. Quelques runes gagnées par la mousse montaient encore la garde sur les linteaux. La porte dégondée gisait dans les ronces qui envahissaient l'ancien jardin. Les volets clos et délabrés accusaient des siècles d'abandon. La toiture à tuiles sombre fatiguait. Ventrières, faîtières et poutres s'affaissaient et la menaient vers un écroulement prochain qui se ferait avec fracas dans la plus grande des indifférences. Fihörn entra le premier. Les meubles écroulés reposaient sur un sol d'humus comme des vieilles carcasses décharnées et usées. Tonneaux et caisses éventrées s'entassaient dans un coin laissant se répandre leur contenu. Poteries anciennes, verres passés, acier rouillé se mélangeaient en un tas informe d'immondices où poussaient quelques plantes hirsutes. Une cheminée froide depuis trop longtemps, attendait le retour improbable d'une flamme réconfortante, qui, par son simple fait, ramènerait la vie. Le fagot humide dégageait une fumée épaisse et blanche. Le feu dansait de brindille en brindille, léchant le peu de bois sec disponible. Au bout d'une heure, une chaleur apaisante réchauffait les voyageurs. Installé contre un vieux sac de toile crasseux, Ostran tirait de longues bouffées sur une pipe en bronze gravé. Fihörn somnolait sur un lit de branchages improvisé pas très confortable, de petites racines l'empêchaient de trouver une position agréable. Adanedhel s'en était allé chasser.

Pas de petits animaux à se mettre sous la dent. Des champignons à l'odeur âcre recouvraient les souches et n'avaient point l'air très fameux. Mis à part quelques racines noires pour un bouillon, la faim continuerait à les tenailler. À grands pas, il revint vers ces compagnons d'infortune.

— Messieurs, vous devrez vous contenter d'une mauvaise soupe qui fait mauvais sommeil. Voici des rhizomes point savoureux.

L'eau dans la vieille gamelle de bronze bouillait, le fumet qui s'en échappait n'était pas engageant. Le potage nauséabond fut rapidement englouti et ne laisserait pas un souvenir intarissable. Le repos non plus d'ailleurs, des cauchemars les assaillaient.

La forêt s'éclaircissait. Enfin, à travers la frondaison des arbres, le soleil. Peu à peu, les pavés disparaissaient sous la poussière. Face à eux se dressaient à nouveau de hautes montagnes grises par la pierre et vertes par les sapins qui envahissaient leurs escarpements. Enveloppées de nuages, les cimes enneigées paraissaient encore plus blanches. Le paysage était bercé par une lumière apaisante.

— Quel bonheur de retrouver les verdoyants pâturages, les collines herbeuses, et l'eau douce des ruisseaux, je n'en pouvais plus de ce tombeau ! s'exclama Fihörn en se retournant.

Il ne put que constater que le chemin se refermait derrière eux, les arbres resserraient leurs branches pour reprendre cet aspect inhospitalier. La magie des elfes lui avait donné la vie sans penser aux conséquences s'ils venaient à déserter ses clairières.

— Les Sylvains et leurs erreurs ! Si l'occasion se présente un jour, je ne retiendrais pas ma langue ! Maudit endroit, maudit sort ! grogna Ostran en crachant par terre.

Adanedhel gardait pour lui ses pensées, l'inquiétude l'habitait après cette étrange expérience. À présent, tous ses actes bons ou mauvais auront des répercussions qui le dépasseront. L'avenir n'est pas encore écrit, mais ses décisions scelleront le destin de tous les peuples vivant dans les contrées des mondes de Salt.

Adeonïme verset 4

Quittant les ravins profonds et les hautes cimes, ils arrivaient dans une large vallée où coulait la Hanse. Tout du jour ils marchèrent et vint à leurs yeux Loat le métamorphose.

La bonne âme les accueillit, et leur accorda la faveur d'une halte au sein de sa maison. Syless installa Calaia'thilon et l'enfant dormant sous le toit de l'étable. Loat afin que s'accomplisse ce qu'Afae'lashal avait annoncé partagerait ses visions de prophète. Au soir, il rompit le pain, but l'ambroisie, et transforma sa forme d'elfe en une autre faite de flamme.

— On a entendu des cris dans les cinq, s'ensuivirent des pleurs et de grandes lamentations. Le peuple pleure la nuit descendue sur ses enfants et ne peut être consolé, car eux en sont frappés à leur tour. Un elfe d'Afae'lashal est apparue dans un rêve au roi mystique Gorbundus le maudit, en Nord'élia, et dit : « Renonce, ne prend pas la vie du petit enfant et de sa mère, rappel ceux que tu envoies à leur suite et retourne dans le sombre abîme » à Gorbundus de répondre : « Observe la vie et vois mon comment mon obscurité se répand de cité en cité, de maison en maison, vois comment l'éternelle nuit sera leur tombeau. »

Et la nuit se répandit sur toute la terre, troupeau, homme, femme, enfant, tous furent touché par le mal répandu, de soleil il n'y en avait plus, de ciel il n'en avait plus. La grande obscurité perdurera jusqu'à son arrivée. Par le passage du Pont Pierreux, vous passerez, nul danger ne vous guettera. Bientôt vous serez rendu à Sheddin sur la mer de Boffin et demanderez Iadim Therer au Chat rugissant.

Chapitre 5

Le col de Kerad-Ghesh était encore à plusieurs heures de marches, déjà la température chutait. Un vent glacial se leva entre les montagnes, piquant la peau, refroidissant les corps. Le chemin s'élevait rapidement. Les pierres glissantes et coupantes ralentissaient leur progression. Les premières neiges froides tachaient peu à peu le paysage entre les sapins. Venant de l'est, des nuages s'amoncelaient au-dessus d'eux en s'accrochant aux cimes.

Le temps changeait rapidement et il n'existait nul abri pour lui échapper, ils étaient à sa merci dans ce vallon d'altitude. Adanedhel en tête s'arrêta, posa un genou à terre et inspecta le sol. Des traces de pas. Des petits pieds avaient marqué la terre meuble suivi d'autres plus larges. La taille des foulées indiquait que tous couraient vers le col. Des Halfelins poursuivies par des orques. Instinctivement, il débloqua la lame elfique dans son fourreau. Feuilledethé et Bonbaril arrivaient à sa hauteur, à bout de souffle.

— Nous ne sommes pas seuls dans ces montagnes, un groupe d'orque traque les vôtres !

— Combien sont-ils ? demanda Fihörn inquiet.

— Une dizaine, une centaine d'ennemis, comment le savoir ? dit l'homme en se relevant. Nous aurons de la chance s'ils ne remarquent pas notre présence.

Il se remit en marche, droit devant, le vent soulevait sa longue chevelure.

Emmitouflés dans leurs capes, ils continuaient à gravir l'interminable montagne. Des flocons de neige s'agrippaient aux branches des arbres et recouvraient peu à peu le sentier. D'abord épars, ils devinrent rapidement plus nombreux, et finirent par être tempétueux. Le blizzard se levait, hurlant et tournoyant. La poudre blanche s'accumulait rendant la poursuite de l'ascension pénible. Un roc surgit soudain dans le brouillard. Pressant le pas ils s'abritèrent tout contre lui. Adanedhel n'aperçut pas immédiatement la marque d'une petite main ensanglantée sur la roche. Lorsque son œil s'arrêta dessus, un soudain frisson l'étreignit.

— Blottissez-vous l'un contre l'autre, vos pèlerines vous rendront invisible. Je pars plus avant pour jauger le danger. Si je ne reviens pas, aux premières lueurs du jour quittez cette montagne.

Il s'enfonça dans la tourmente.

Adanedhel ne pouvait juger la distance parcourue depuis le roc. L'épaisseur de neige devenait sérieuse et compliquait les choses. Des sapins craquants, malmenés par le vent lui dirent que quelque abri était possible à leur pied. Essayant de se frayer un chemin, il buta sur une masse ensevelie. Un corps gisait là. Déblayant l'épais manteau, il découvrit une Halfeline serrant son enfant dans les bras. Et elle n'était pas seule. D'autres morts étaient couchés, au

58

moins cinquante. Tout un village expirait son dernier souffle ici, et au vu des traces quelques orques les aidaient. Un son porté par le vent vint à lui. Un son rauque. Adanedhel se cacha derrière un large tronc, Gwenzaa'l sortit de son fourreau et scintilla. Il se jeta sur eux avec fureur. Le premier orque n'eut le temps de comprendre que la lame lui séparait la tête du cou. Tournoyant sur lui-même en garde haute, la lame s'abattit sur le crane du second. Déjà d'autres arrivaient avec de la haine en leur cœur. Intérieur gauche, longue, basse, les coups s'enchainaient, touché au cœur, à l'estomac, au foie, la lame tranchait la chair et les pénétrait de toute part. Arrière droite, longue, arrière gauche, un bras, une jambe, une tête. Gwenzaa'l leur laissait de profondes blessures et meurtrissures gorgées de sang noir. Le petit bataillon fut décimé. Un orc lutait encore pour vivre, il rampait. L'homme se présenta derrière lui et enfonça la lame dans sa nuque.

Adanedhel réapparaissait devant eux. Il s'agenouilla

— Messieurs, j'ai de bien mauvaises nouvelles. Plus haut en direction du col, des Halfelins sont morts. Je me suis occupé d'un groupe d'éclaireurs orques. Le gros de leur troupe redescend et paraitront bientôt à nos yeux, nous ne pouvons pas fuir, et en les affrontant nous courrons à notre perte.

— Pourquoi ne pas utiliser un subterfuge ? demanda Ostran.

— Servons-nous de l'épaisseur de neige pour nous dissimuler, creusons des tombes hors du sentier et laissons là nous recouvrir !

À marche forcée, une armée orc descendait du col au son du cor et du tambour. Le sol tremblait devant eux, et l'air empestait la mort. Des troupes s'élevaient des râles et des cliquetis d'armure. Les bannières claquaient au vent. De leur cachette ils pouvaient entendre le parler du Hugarth. Un hurlement fit cesser tout bruit. Le dernier rang s'arrêtait à quelques centimètres d'Ostran. La lourdeur du fantassin faisait tomber de la neige froide sur son visage. Il pouvait le voir par le petit trou ainsi formé. Son buste était large et puissant, habillé d'une cuirasse épaisse forgée dans un métal grossier à peine poli. Une épée attaquée par la rouille pendait à sa ceinture de corde. Ses jambes étaient recouvertes d'une maille mal tricotée et avaient pour chausses des bandages en haillon. De sa bouche s'échappait un souffle rauque. De sa position il ne pouvait appréhender son faciès. Adanedhel sentait la panique s'emparer en Bonbaril. Un orc hurla quelques ordres. L'homme en comprit le sens. Ils avaient trouvé les corps. Un grognement monta de la troupe.

Quand soudain des cavalcades montèrent dans le vallon. Des trompettes ! Des trompettes d'homme sonnaient la charge. Le dernier rang rompit la formation. L'occasion se devait d'être saisit, ni une ni deux, Fihörn Feuilledethé, Ostran Bonbaril et Adanedhel sortirent de leur trou pour prendre la fuite. Remettant leur capuche, ils entamèrent une course pour la vie, aussi vite que le pouvait leur jambe, ils se devaient de s'éloigner. L'homme revenait souvent en arrière pour les encourager.

— Courage, petits messieurs, nous serons bientôt hors de danger ! cria Adanedhel.

— Droit devant, hors du sentier, se mettre à l'abri ! Ostran s'encourageait.

Une transpiration glacée coulait dans leur dos. Le souffle court, éreintés, affamés, ils se frayaient un chemin dans l'épais tapis neigeux. Le vent se levait à nouveau, fort, bien trop fort, gonflant les capes et retirant les capuchons de ses doigts invisibles, leur faisant perdre de fait l'avantage que leur octroyait le pouvoir de dissimulation. Soudain un cri dans derrière eux. Un groupe d'orque avait senti leur odeur, entendu leur pas et repéré des silhouettes mouvantes. Ils se mirent en chasse, eux-mêmes pourchasser par un détachement de cavalerie. Par chance des chevaux rapides, et des bras solides vinrent à bout de ces bêtes immondes. Mais tous savaient à présent que dans le vallon circulaient un homme et deux nains en habit d'elfe.

Les bruits de combat trouvaient écho dans la montagne, le son du vacarme les poursuivait. Les trois compagnons épuisés, se pensant hors de danger, prirent un instant pour reprendre le souffle vital, l'air piquant leur arrachait des grimaces.

Un arc se tendit. Une flèche blanche fendait l'air, dans un léger bruissement. Elle ne dévia pas, la trajectoire parfaite. Elle s'abattit dans le dos d'Ostran lui arrachant un hurlement de douleur. Adanedhel le retint et l'accompagna au sol. Le blizzard calme depuis le début de l'assaut des cavaliers, chanta de plus belle et se referma sur eux.

Chroniques de :
Malbür Poing-de-fer

Chapitre 1

Loin dans le nord, noyée dans l'épais brouillard que formaient la poussière et les émanations des fonderies, un soleil bleuté écrasait l'ancienne Cité que les nains nommaient Éthélia. Éthélia la rose de par la roche granitique dans laquelle le peuple Dweorg la façonna en dégageant la face ouest du mont Tel'Adrim.

Éthélia la belle, par ses venelles étroites, lumineuses et fleuries descendant en pente douce vers les jardins publics, ses passages voûtés offrant une ombre fort appréciée les jours d'été, ses pierres finement sculptées proposant des visages d'illustres ancêtres. Le long de l'artère principale, embellie par un ruisseau central, des magasins étaient ouverts sur la rue. Sous des auvents, des artisans itinérants exposaient leurs produits sur la chaussée, des traiteurs préparaient tripes, pâtés de viandes, écrevisses, tortues, saucisses, gaufres et petits gâteaux.

La citée fortifiée, dont les origines remontaient au deuxième millénaire devait sa renommée à sa double enceinte et ses mille tours qui ceinturaient Tel'Adrim. Surplombant la ville et la vallée, une forteresse imposante avait été bâtie au sommet du mont sur un plateau artificiel.

Éthélia était la plus importante Cité des Dweorg en terre de Salt.

Les nains, grands travailleurs inépuisables, extrayaient les roches du mont Tel'Adrim depuis des centaines de générations, si bien qu'ils créèrent des salles gigantesques au sein même de la montagne.

Les textes anciens soulignaient que ces êtres de petites tailles étaient issus du géant Ymir, occis par ses fils, et découpé en morceaux. De ses entrailles en putréfaction naquirent les nains. Tous s'accordaient pour les définir comme de redoutables combattants, pourvu d'un fort caractère, la guerre coulait dans leur sang.

À la sortie d'une vaste galerie poussiéreuse, des nains tunneliers s'activaient pour vider les seaux emplis de pierrailles. Le bruit des pelles et des pioches tapaient la roche dure dans un vacarme assourdissant. La montagne résonnait en son cœur. Un mage et un Dweorg se présentaient à l'entrée

— …maître Malbür Poing-de-fer les excavations avancent bien depuis ma dernière visite, dit le mage d'Estian avec un large sourire, nous touchons au but.

— Il ne pourrait en être autrement ! répondit-il dans un rire bruyant.

Malbür Poing-de-fer ne dérogeait pas à la vision qu'avaient d'eux les autres peuples, arrogants et prétentieux. Il était pourtant bien différent en son âme. Malbür se trouvait pourvu d'une grande douceur, et d'une générosité exemplaire, mais tous lui connaissaient son penchant pour un affrontement frontal sans demi-mesures, pas de subterfuge, juste un face à face corne contre corne, bouclier contre bouclier. Particulièrement intelligent et vif d'esprit, en lui vivait le courage légendaire des nains. Longue barbe rousse, casque vissé sur la tête, il portait fièrement la hache Tordïm, mortelle et effilée. De forte corpulence, Malbür ne passait pas inaperçu parmi ses contemporains. Un visage marqué par les batailles et des yeux interrogateurs aux teintes de chêne reflétaient ses deux cents printemps.

Le mage d'Estian à la sagesse profonde le regarda longuement. Son hésitation à prendre la parole laissait un ennuyeux silence entre eux. L'escalier sinueux qu'ils empruntaient descendait dans les bosquets du paradis d'Ursule. Tout le long un malaise s'accrochait à leur pas.

— Quel mystère me cachez-vous au fond de votre manche ?

— Votre esprit ne vous trompe point maître nain, en moi une chose existe et je dois vous entretenir.

— Accompagnez-moi voulez-vous, prenons place sur un banc et justifiez votre silence.

Le jardin ombragé par des peupliers était fort agréable. Les fleurs blanches éternelles embellissaient les pelouses verdoyantes. Les arbres venant de toutes les contrées de Salt et aux fruits savoureux ne connaissaient pas les affres de l'hiver. Les oiseaux chantaient leur plaisir de vivre ici. Les bosquets d'Ursule, envahie de magie, étaient un havre de paix. Le long des allées, au milieu d'ifs bien taillés, des bancs de pierre se cachaient dans de petits renfoncements. Le mage d'Estian prit la parole.

— Voici plusieurs lunes mes visions se heurtèrent à un grand pouvoir, les ténèbres m'envahirent rendant impossible tout discernement au-delà de la rivière Naaz'gol à la limite sud de Nord'élia. Au même moment mes oreilles ont eu ouïe dire des troubles dans le val de Sourn, affirma le mage soucieux.

— Et en quoi tout ceci me concerne-t-il ? demanda Malbür surpris.

— Plus que vous ne pouvez l'imaginer ! Je viens quérir vos connaissances des terres froides !

— Les terres froides... reprit Poing-de-fer en se touchant la barbe, elles ne sont que désert de glace bleue, neige tombante, et blizzard et je vous ferais grâce des températures ! Le feu brûle avec difficulté, les troncs de sapin sont durs comme du roc !

— Épargnez-moi ces jérémiades, maître nain ! Vous étés le seul à l'avoir rencontré « lui » et être encore en vie !

— C'est bien cela que je craignais ! En quoi pourrait bien vous aider un animal comme celui-là ?

— Un animal ? Vous ne savez donc pas ce qu'il est ?

— Non ! Je n'ai pas eu cette chance ! Comme tout grand chasseur, j'avais eu vent de cet animal légendaire qui aurait fait un trophée de choix, mais l'affrontement n'a jamais eu lieu !

— Pourtant nous avons grandement besoin de lui !

Malbür se leva pour prendre congé. Il regarda le mage droit dans les yeux et tourna les talons. Après quelques pas, il dit.

— Je vous déconseille vivement de vous rendre en cette terre !

— Moi ? Non, c'est à vous que je confie cette quête ! Et je vous suggère de ne pas y aller seul !

Poing-de-fer se figea m'osant rajouter quelques formules d'esprit bien pesées.

La porte de la taverne du Loup noir était ornée d'une belle gravure de chasse rehaussée d'or, s'ouvrait sur une salle dallée de marbre, recouverte par endroit de peau de bête. Le plafond supporté par des arcades ouvragées d'animaux mystérieux était décoré de la plus grande des peintures représentant la cité d'Éthélia dans un fugace lever de soleil. Les piliers, en forme de statues naines, personnifiaient le guerrier avec son imposant bouclier aux armes du clan Forgefeux accompagné comme il se doit d'une longue hache couverte de runes. Un comptoir de pierre trônait au milieu de la pièce, entouré de table rectangulaire et banc de bois. Des bougies diffusaient les ombres fantomatiques des convives sur les murs.

Leur lumière s'accrochait au saillant des sculptures les rendant presque vivantes.

Au fond de la pièce, un passage vouté permettait d'accéder à la cuisine d'où s'échappaient des odeurs de porc grillé savoureux et de cervoise. Sur le mur nord, une carte des royaumes de Salt d'un autre âge, déchirée et rapiécée, était la fierté de l'établissement. Sur la gauche dans l'angle, une table ronde, la seule de l'établissement, accueillait des jeux de dés. Attablé, des nains riaient et chantaient, enivrés par l'alcool jusqu'à en tituber. Une imposante cheminée réchauffait l'atmosphère. Les fauteuils étaient occupés par deux nains semblables en tout point et pourtant différents. Toreila et Elthen du clan de la Hache-d'argent. Une bizarrerie les frappait depuis leur tendre enfance, la barbe ne poussait pas chez eux. La fraîcheur de leur peau les classait dans une tranche d'âge proche des soixante printemps, l'adolescence chez les nains. Leur longue chevelure hirsute, presque orange, pendait le long de leur visage enfantin. Leurs yeux d'un vert clair étaient emplis d'une joie de vivre. Malbür appréciait en eux, leur dévouement et leur sens du devoir. Deux guerriers d'excellence et toujours prêts pour une bonne bagarre.

Poing-de-fer s'approcha rapidement, posa sa hache contre le mur, attrapa un tabouret et s'assit tout prêt d'eux. Tout en se réchauffant les mains avec le feu de l'âtre, il parla.

— Toreila et Elthen une mission périlleuse serait-elle à votre convenance ?

Ils le regardèrent avec attention.

— Quand je dis mission, je parle d'une expédition avec une faible chance de réussite dans les terres froides de l'autre côté de la mer des Sernats.

— Nous partons à la chasse au monstre imaginaire ? demanda Toreila en riant.

Elthen le suivit d'un ricanement à peine étouffé, répondit.

— Pourquoi prendre le risque d'une telle traversée et d'un tel périple alors que nous sommes tranquillement installés devant une bonne flamme avec une cervoise bien chaude ?

Malbür expliqua longuement son affaire, gardant pour lui la conversation avec le mage. Il finit par les convaincre de l'accompagner dans ce voyage. Toreila proposa une tournée.

La corne tiède entre les mains, Poing-de-fer regardait fixement le feu ronger le bois. Revinrent en lui les paroles de l'enchanteur.

— Malbür Poing-de-fer je vous confis la pierre de Fenris vous l'offrirez à votre hôte le Seigneur Algon'thine, au dernier jour de la dernière lune du printemps, mais gardez une chose en votre esprit tout le long du chemin vous serez en grand danger. Le problème ne sera pas les loups ou les trolls, mais celui qui veille au soir venu, celui-là même que vous devez éviter, mais dont nous avons besoin !

— Ne serait-il pas plus sage d'y aller vous-même dans ce cas ?

— Non ! Car j'ai d'autres affaires à régler dans le val de Sourn, des questions auxquelles il faut des réponses.

— Nous devons trouver un navire en partance pour l'est, quelques nains me doivent un service…

— Ne vous inquiétez pas pour cela, un bateau vous attendra sur les plages brumeuses dans deux jours !

— Et sachez ceci, Malbür Poing-de-fer, j'ai lu votre avenir, et vu une grande peine, c'est en ce sens que mon avertissement ne doit pas être pris à la légère, choisissez bien vos compagnons, car l'un d'entre eux perdra la vie sans que cela soit de votre faite.

La nuit pressa son obscurité contre la voute du ciel. Les étoiles brillantes se détachaient sur l'encre sombre. Malbür resta longuement dehors, assis dans l'herbe fraîche, à tirer sur sa bouffarde. Il soufflait de longs traits de fumée qui se dissipait rapidement. Les paroles du mage revenaient sans cesse, un détail le gênait, quand une voix sortit de la pénombre.

— Vous supposez bien maître nain, le mage ne vous a pas dit toute la vérité !

— Qui êtes-vous ? demanda Malbür en glissant sa main vers sa hache.

— Vous n'avez pas besoin de ceci, je ne vous veux aucun mal, bien au contraire.

La forme surgit d'un buisson à quelques pas de lui.

— Je suis la princesse Helbena.

Poing-de-fer se redressa d'un bon pour la saluer dignement.

— Je ne pensais pas vous surprendre, vous m'en voyiez désolée, mais je me devais de vous entretenir de choses cachées. L'enchanteur a envoyé Adanedhel en Sourn pour une mission secrète.

Malbür resta bouche close devant cette affirmation et s'exclama.

— Adanedhel en Sourn ? Pourquoi taire cette histoire ? Je connais l'héritier du trône de Thovarin, il m'a sauvé la vie dans les terres froides !

— Si mon oreille ne s'était attardée, nul ne saurait les cachoteries que tous vous font. Demain, je partirais avec vous rencontrer le Seigneur Algon'thine.

— Cela ne se peut… Poing-de-fer fronça les sourcils.

La princesse Helbena était de ces naines combatives, trop peut-être. Fine de taille, mais robuste elle s'imposait par la force si nécessaire. Un visage angélique, surmonté de cheveux châtains nattés, aimait à se faire remarquer. De longs cils légèrement recourbés vers le haut soulignaient des yeux de biche gris clair. Son sourire enjôleur, son rire envoutant, mettait les Dwarfs en émois.

— Avez-vous vraiment le choix ?

Adeonïme verset 5

Arzel'Tor régnait sur Sheddin sur la rive de la mer de Boffin à la place de Narzeo, son père. Leete craignit de s'y rendre puisque son peuple n'était pas le bienvenu. Il se retira du groupe et demeura à l'extérieur de la ville.

Ils s'arrêtèrent deux jours dans cette ville de Sheddin après dix soleils de marche, prenant chambre en une auberge du nom d'Esprit blanc. Ils passèrent la première nuit sans repos, Afae'lashal par quelques magies vint sous forme humaine et prit l'enfant dans les bras pour lui offrir la nourriture en son sein. Calaia'thilon désapprouva, mais Syless sans force se refusa à entendre les plaintes de sa femme. Au matin l'enfant rassasié ne pleurait pas.

Comme l'avait dit Loat, il devait trouver Iadim Therer au Chat rugissant. Syless marchait au milieu des mendiants et des mains arides aux bourses fermées. Il voyait la décadence et par ses yeux Leete également. Il tint ses paroles.

— Bientôt Afae'lashal punira cette ville par le feu et la ruine, tu te devras d'avoir quitté Sheddin sans même te retourner sur elle. Cherche Iadim Therer.

Le Chat rugissant ne possédait aucun des attributs propres à la corruption de l'âme. Tous savaient qu'ici, soupe et repos étaient un don de la reine des reines. De peine il y en avait, mais elle s'apaisait. Iadim Therer l'accueillit à bras ouverts, car il connais-sait son nom.

— Syless, heureux en mon cœur de voir le visage de celui qui entreprend le long voyage. À partir de Sheddin, il n'existe plus que le hasard. Un dé du destin te fut donné il décidera vers la-quelle des cinq la mer te mènera. Afae'lashal m'est apparu en rêve et m'a confié la rédaction de ce parchemin fermé par un sceau. Et à présent, retourne vers Leete il pourra te guider.

Chapitre 2

Les plages brumeuses portaient bien leur nom. Un brouillard épais nappait la mer d'écharpes blanchâtres qui s'étendait sans mouvement. Aux premières lueurs du jour, il jouait avec les formes, effaçant le rivage sauvage, métamorphosant tout ce qu'il touchait en quelques abominations. Une vieille carcasse de navire devenait un monstre des profondeurs, les arbres se transformaient en squelette titubant quand le vent se prenait dans leurs branches. Brume obscure, changeante, elle égarait les sens, et faisait perdre tout repère.

Le brouillard, par quelques forces mystérieuses, gagnait à présent le haut de la plage. Des bancs émergeaient au-dessus du sol, flottant, presque immobile entre ciel et terre. Nulle lumière ne pénétrait ce voile blanc, elle semblait s'évanouir en sa présence. Pas de lucarne entrouverte sur le céleste azur, pas de bruit sous l'étouffant manteau, la nature elle-même n'osait s'opposer, à cette brume trompeuse et traîtresse.

Un knör reposait sur son flanc et sa quille comme une baleine morte. De loin, il n'était que forme fantomatique harponnée en son centre. Malbür Poing-de-fer, Toreila et Elthen Hache-d'argent et Helbena, s'approchaient tout en restant sur leur garde. Le sable mou gardait les traces d'un chemin de pas après leur passage. Plus la silhouette dessinait ses traits, plus l'inquiétude montait. Les bordés de frêne, rongés par les vers, n'avaient pas vu depuis bien longtemps le marteau d'un charpentier de marine. La coque entière s'habillait d'algues et de coquillages.

— Eh bien, si cette barque ne prend pas l'eau nous aurons de la chance Maître Poing-de-fer ! dit Toreila sur ton sévère.

— Une épave me semble le mot juste ! ajouta Elthen avec les mains sur les hanches, sourire aux lèvres.

Malbür les regarda avec une grimace qui en disait long sur son état d'esprit. Il fit le tour pour apprécier la situation.

— N'aspirons pas à la défaite, nous profiterons de la marée pour le sortir du sable ! En attendant, préparons-le pour la traverser.

Ils grattèrent et raclèrent la coque, le frottement des lames se perdait en direction du large. Des vaguelettes d'eau froide léchaient leur pied. Peu à peu, le knör se redressait craquant de tout bord. Les longues rames vermoulues percèrent la surface dans un bruit de clapots. Souquant ferme, l'équipe gagnait la haute mer.

La voile carrée se déploya en tirant sur les haubans en fibre d'écorce de tilleul. Rayée rouge et blanche, rapiécée à de nombreuses reprises, elle restait désespérément vide de vent. La mer, à l'apparence d'une flaque d'huile lisse et grasse, était calme sous la brume tenace. Pas une onde ne venait rider sa surface, pas un trouble en ses eaux sombres ne poussait sur la carène. Rien ne se passait. Helbena regardait par-dessus le bastingage, même son reflet se noyait. Toreila et Elthen Hache-d'argent se détendaient sur le pont. Malbür s'appuyait sur la barre, pris de somnolence.

Une voix furtive traversa le brouillard.

— Lève-toi vent porteur !

D'abord faible, elle devint de plus en plus présente, frappant la toile pendante. Poing-de-fer tendit une oreille attentive espérant qu'un rêve l'étreignait, car il n'apprécierait pas le pire et encore moins ce qui sortirait des profondeurs. Elle recommença.

— Lève-toi vent porteur !

Des ridules vinrent bercer la coque. Une brise légère, au parfum d'embruns, frôla les visages incrédules. Le souffle prenait en vigueur, dispersant le brouillard, laissant un pâle soleil envahir le ciel l'espace d'un instant, s'obscurcissant de noir nuage aussi tôt. Des rouleaux se formaient en masses bouillonnantes sous la puissance du vent forcissant. Et l'expiration s'accéléra, gonflant une voile restée inerte trop longtemps. Le knör fendit les flots au milieu d'une écume de tempête. Les bourrasques enflaient encore, nourrissant les vagues d'une onde puissante. Le grondement se transformait en un hurlement. Le cri déchirant de la mer révoltée, celui des lames s'abattant avec violence contre les fragiles bordées, celui des gréements qui fouettent au zéphyr levant.

Les paquets soulevaient le navire, le chahutant en tous sens dans un mugissement incessant. La bave océane sautait sur le pont, détrempant l'équipage au visage marqué d'inquiétude. Une vague, plus forte que tout autre, submergea l'embarcation la recouvrant de la coque jusqu'au haut du mat.

Et puis vint l'essoufflement. De l'autre côté de la mer de Boffin, la tempête s'affaiblissait. Le ressac léchait la rive des terres froides et dans une étreinte, rejetait sur la grève une épave mourante. Des corps, bercés par des vaguelettes, étaient étendus sur la neige qui ne cessait jamais.

Malbür Poing-de-fer fut le premier à s'éveiller transit jusqu'aux os. La chaleur de son corps semblait disparaître l'emportant vers sa mort. Grelotant, il ne comprit pas immédiatement où la course se terminait sur le Rivage Ondulant. Chassant la neige de ses sourcils, Malbür apprécia rapidement la situation, ses compagnons baignaient dans l'eau glacée, le knör n'était plus que ruine détrempée et la nuit se présentait. Et avec elle, le vent du nord. Se redressant sur ses jambes chancelantes, il les tira vers une dune aux herbes givrées. Ratissant la plage, Poing-de-fer ramassa tout ce que ses bras fatigués pouvaient transporter. Le bois qui jonchait la rive ferait un pauvre bûcher. N'écoutant que sa volonté, se saisissant de sa hache, il attaqua le sable gelé pour y creuser une cavité suffisamment profonde pour tous. Les corps inertes installés au fond de ce caveau se réchaufferaient et reprendraient vie.

Le souffle court, Malbür termina cet abri de fortune. Il entassa quelques morceaux de bois. D'une voix tremblante, il pria dans la langue des elfes devant l'âtre vide.

— Que vive le feu !

Des étincelles surgirent au milieu des branches, se transformant en des flammes vacillantes. Peu de chaleur se dégageait des braises.

À l'extérieur, le ciel s'enveloppait d'une aurore translucide dansante. La bise transformait en glace tout ce qu'elle touchait, malheur à l'imprudent qui n'avait pas regagné son logis, malheur à l'animal sans terrier, tous seraient plus durs que la pierre aux premières lueurs de l'aube. Helbena revint à la vie la première, du moins elle ouvrit les yeux. Transit dans des vêtements humides, cherchant quelques réconforts, son corps roula vers le feu. Toreila et Elthen ne tardèrent pas.

— Demain, nous partirons en direction de l'ouest vers les ruines de Mizar pour établir un nouveau camp, annonça Malbür en jetant une bûche dans l'âtre improvisé. Et prier pour que notre équipement soit encore à bord du knör !

Les quatre compagnons ce seraient les uns contre les autres pour garder un peu de cette chaleur salutaire. La neige vint à point. Recouvrant l'entrée du campement et étouffant tout bruits.

Toreila et Elthen fouillèrent l'épave. Botte ferrée doublée en poils de lapin des neiges, armure naine de fer, pourpoint de cuir, et cape en fourrure d'ours.

— Il reste si peu ! s'affola Helbena.

— Drôle d'expédition que celle-là maître Poing-de-fer ! dit Toreila las.

— Et nous ne pouvons pas revenir en arrière, ajouta Elthen fatigué.

Malbür les observa un par un sans mot. La situation était certes délicate, mais pas totalement désespérée. Chargeant son barda dans un sac de toile, il saisit sa hache et s'avança sur le chemin. Sans se retourner, il dit.

— Ne perdons pas de temps en veine palabre. Le danger est tout autour de nous ! La lumière du jour s'éteindra dans six sabliers géants de Trinth, et je n'ai pas envie de passer une nuit dans la plaine !

Il pressa le pas comme pour les inviter à le suivre.

La neige rendait le chemin glaçant et le pas incertain. Le froid intense durcissait la peau des visages. Des congères se formaient au coin des moustaches et des sourcils. Enfoncés jusqu'aux hanches, ils lutaient pour avancer. La plaine s'étendait devant eux dans des tons de bleu, pas une âme ne vivait dans cette contrée austère. Des arbres pétrifiés, dont les branches étaient emprisonnées dans la glace ployaient et craquaient, un craquement de mourant. Malbür en tête fit une pause. Plaçant sa main au-dessus de ses yeux, il scrutait.

— À partir de cette petite colline nous pouvons distinguer au loin la haute tour des ruines de Mizar, hâtons-nous !

L'ancienne tour de défense elfe se tordait jusqu'à son sommet. Les pierres écroulées laissaient des trous béants dans ses murs. Des éboulis de petites cabanes se devinaient sous la neige. Ils montèrent les marches pour atteindre la porte toujours dans ses gonds. Elle grinça en résistant un court instant. Poing-de-fer jeta un coup d'œil. Le gel ne pénétrait pas ici, et il ressentait une douce chaleur. La magie des elfes. Chaises et tables prirent place en un bucher au feu vigoureux.

Helbena assise en tailleur se réchauffait en écoutant le vent frapper la tour avec force. Toreila et Elthen fourbissaient les haches tout en restant bouches closes. Malbür appuyé tout contre un mur, devant une brèche, sentait le pesant silence s'insinuer. Malgré le puissant envoutement que les elfes insufflaient en ces lieux, une chose maléfique était encore à l'œuvre. Un être à l'apparence d'une ombre de bête de la taille d'un homme à peine visible à travers la neige.

— Nous ne sommes pas seuls ! souffla Poing-de-fer à voix basse. Celui que nous cherchons est sur nos pas depuis la rive.

— Tout du jour, je ne ressentais nullement le danger, dit Elthen sans lever les yeux de la lame polie. Mais depuis le soir venu, une sensation étrange m'a envahi, lointaine et indécise, elle s'amplifie à mesure que passe le temps.

— Inquiétante je dirais, dit Helbena tremblante. Je suis assaillie d'un malaise soudainement.

Toreila se leva, et bloqua la porte avec une hache.

— Cela ne l'arrêtera pas dit Malbür fataliste. Son pouvoir est bien plus grand que vous ne pouvez l'imaginer, demain, si la vie coule encore dans nos cœurs, nous devrons presser le pas pour rejoindre le village du Seigneur Algon'thine.

— Qu'entendez-vous par pouvoir maître Poing-de-fer ? demanda Toreila qui ne pouvait cacher sa peur.

— Le don obscur permet de jouer de nombreux tour, dissimulation, émanation de ténèbres, matérialisation et je ne sais quoi de pas naturel.

Du petit gravier, usure de pierre, tombait du plafond sur les dalles de la salle basse. Un long frisson parcourra le dos de Malbür. Toutes ses pensées se tournèrent vers ce détail anodin. Levant les yeux, il ne distinguait rien de particulier. L'obscur semblait plus épais, plus sombre, plus virevoltant. Quand deux ardents percèrent à travers le voile. Le feu s'éteignit, les braises rougeoyantes se firent glace. Les ténèbres envahirent la pièce étroite faisant disparaitre tout ce qu'elles touchaient.

— Que sont ces noirceurs qui nous assaillent maître Poing-de-fer ?

— La bête immonde est parmi nous ! Défendez vos vies !

Un grognement lugubre s'abattit sur eux, les glaçants jusqu'aux os. Un frôlement contre la pierre. Un bruit sourd. Malbür tendait l'oreille écoutant le silence, se préparant au combat. Elle vint à lui en un choc frontal, lui assenant un coup dépourvu de griffe. Subissant l'assaut son corps terminait sa course contre la porte, le laissant groggy. Dans cet état d'instable conscience, il entendait les appels à l'aide.

Recroquevillée sur elle-même, Helbena pleurait de frayeur, entourée de Toreila et Elthen Hache-d'argent. Ils engageaient la bête sans même deviner sa présence. Droit devant eux ils perçaient l'obscurité du piquant de leurs fendoirs. Les haches fendaient l'air sans toucher la moindre chair. Le cri de Toreila, déchirant, sorti Malbür de sa stase. S'appuyant sur ses mains, il tentait de se remettre sur pied. Tout son corps tremblait. Il hurla.

— Pas cette fois ! Tu ne nous tueras pas ! Que vienne la lumière protectrice !

Un intense rayon pénétra la tour depuis son sommet, aveuglant. La bête hurla de douleur. La porte vola en éclat. Des bruits de courses ne purent étouffer les cris de détresse d'Helbena.

Adeonïme verset 6

Leete les attendait à l'ombre d'un saule dont les branches s'inclinèrent devant l'enfant. Syless tendit le parchemin.

— Avant de lancer le dé du destin, vous devrez passer une nouvelle épreuve. Voyez cette pierre, utilisez le passage, posez votre tête sur sa taille et suivez le chemin !

Syless s'allongea et posa sa nuque contre l'oreiller de pierre. Sans sommeil, son âme quitta son corps et se matérialisa dans le creux du monde. Gobelin, orques, créatures impies rongeaient l'os au milieu d'une plaine de cendre, courbant l'échine sous les fouets de leurs maîtres. Un chemin tortueux, recouvert des corps sous bannière de la seconde armée de Gondin, menait à une vile forteresse d'où s'échappait un flot obscur. Il pénétra les limbes par une entrée sans porte. Tout n'était que charnier. L'armée d'ombres mortes se préparait au combat. Les sept étaient là. Puissances démoniaques de mauvais présages. L'un se dirigea vers lui et l'agrippa à la gorge. Rapprochant son visage. L'os le regardait de ses orbites noires, sa mâchoire s'ouvrit : « Je vois en toi Syless, je respire ta peur ! Apporte-moi l'enfant, tue l'elfe et tu seras récompensé » à travers les nuages sombres, tombait une feuille dorée, lumineuse, la larme d'Afae'lashal. Elle libéra le cou de Syless, l'entoura d'un halo scintillant et il disparut dans un grondement de tonnerre.

Leete bannit le malin pour sauver Syless de l'impie.

— Vous avez entrevu Kaazal'egdoll la cité morte au-delà des ténèbres, nulle vie ne dort dans ses plaines. Elle sera l'étape finale de votre exode. Mais je serais toujours là.

Chapitre 3

Les pieds trainaient dans la neige et les cœurs emplis de peine battaient fort dans les poitrines. Le souffle court, ils s'enfonçaient plus avant dans les terres inhospitalières toujours plus loin vers le nord-est. Nul ne prenait la parole. Une route, aux pavés disloqués et érodés, serpentant en direction du village du Seigneur Algon'thine, leur apparut comme une oasis au milieu de ce désert blanc.

La marche en serait facilitée. Le bruit des lourdes bottes sur le sol dur perçait le silence. Toujours pesant, toujours profond. Malbür, le corps meurtri, s'interrogeait. Seule une grande force aurait eu raison de cette région. Une sorte de malédiction, voire une punition. En terre de Salt, les elfes avaient ce pouvoir, mais pourquoi éteindre le soleil à une nature qu'ils aiment tant ? Question sans réponses.

Assis sur une colline, le village semblait comme endormi. Le souffle du vent ne portait pas les douces odeurs d'un bon feu et d'une bonne pièce de viande grillée. Plus ils se rapprochaient, plus la désolation se faisait pressante.

— Pas de rire, pas de chant, pas de lumière ! Inquiétant village que celui-là. Je serais étonné que vive ici quelque roi ! dit Elthen.

— Je vous rejoins sur ce point, il n'y a point de vie entre ces murs, mais restez sur vos gardes, il existe bien des ennemis en cette terre et certains n'hésiteront pas à vous tuer si tel est leur envie.

— Gobelins et orcs, nous les avons déjà affrontés ! dit Toreila agacé.

— Je ne vous parle pas de ces stupides bêtes, je pensais aux trolls des glaces qui ne sont que bave purulente et froides intentions ! Ceux-là mêmes qui laissent des empreintes comme celle-ci !

Malbür désignait d'un signe du menton de profondes traces le long de la route.

Les toitures de bois en coques retournées étaient recouvertes de givre. Quelques habitations avaient souffert de cet hiver trop long. Les charpentes pliées vers l'intérieur s'appuyaient sur des murs éventrés et lézardés, mais pas une mousse n'y poussait. La rue était jonchée de tonneaux disloqués, de caisses renversées. La dernière roue d'un chariot à demi enseveli tournait dans un grincement strident.

La route autrefois boueuse n'était plus que dureté sous la botte. Le pied du mât à tête de loup sculpté, qui occupait la place centrale du village, disparaissait sous la neige. Étendards et boucliers avaient été jetés à bas, et encombraient les courtes terrasses basses. Les planches de ces édifices perdus se fendillaient, se courbaient prêtes à rompre. De vieux volets fixés à la hâte ne ressemblaient plus qu'à quelque cadavre sans peau ni chair, certains battaient au vent, d'autres encore étaient arrachés ou pendant. Seuls restaient les ornements aux formes géométriques et aux animaux fantastiques. Les trois compagnons, immobiles à l'entrée du village, n'osaient y pénétrer.

— La chaleur de mon sang disparait soudainement à la vue de cette désolation, murmura Malbür.

— Rebroussons chemin, nous n'avons rien à faire en ce lieu maudit, nos yeux ont lu ce que nos esprits ont compris, la mort rôde ici ! affirma Toreila.

— Non ! Le jour baisse déjà, et nous serons morts avant l'aube ! Il existait une auberge barricadons l'entrée et attendons !

Un tas de vieux meubles s'entassait devant la porte, les armoires bloquaient les fenêtres et l'attente commençait, lugubre et glaciale. Au cœur de la nuit, une voix s'éleva, elle venait de l'extérieur. À peine audible au début elle devint plus claire. Helbena était toujours vivante.

La porte s'entrebâilla fébrilement. Une silhouette sombre. La bise pénétra dans l'auberge. Malbür, une buche enflammée à la main, fit lumière. Elle s'avança. Son visage blême traversa les esprits. Ses yeux de biche autrefois gris se recouvraient d'un voile

blanc. Ses lèvres en perdaient les couleurs de la vie. Elle se déplaçait dans une grâce flottante presque fantomatique. Toreila et Elthen Hache-d'argent sentaient la peur les saisir, ils reculèrent d'un
pas. Poing-de-fer resta sur ses gardes.

— Le Seigneur Algon'thine souhaite vous rencontrer ce soir,
dit Helbena froidement. Il ne vous sera fait aucun mal.

— Que vous est-il arrivé princesse ? demanda Malbür.

— J'ai reçu le don et très bientôt votre tour viendra !

Sans autres paroles, elle entra et s'agenouilla devant le feu. De
sa gorge des mots une langue ancienne que nul ne comprenait
prirent forme.

— Suivez les lanternes mortes, ne vous écartez pas du chemin !

Elthen surpris. Devant ses yeux, des lampions au halo bleuté
apparaissaient un par un, menant de l'autre côté du village. Une
brume s'éleva de la terre, recouvrant tout ce qu'elle touchait. Les
dégradations du temps s'inversèrent. La pierre et le bois voletaient
autour des maisons abattues, les faisant renaître.

Les étendards flottaient à nouveau au vent. Les boucliers rega-
gnaient leur place au-dessus des portes. Tout ce qui fut revint à la
vie. Homme, femme, animaux déambulaient dans les rues. Dans
l'auberge, tout se transformait sans un bruit. Chopes et livres se
mirent en rang sur les étagères. Les briques du comptoir s'empi-

lèrent rapidement, tables et chaises reprirent leur place. Les chandeliers rouillés devinrent étincelants. Et la cheminée s'embrasa.

— Un puissant enchantement a pris possession de ce village et du Seigneur Algon'thine, dit Malbür de marbre. Toreila, vous resterez avec la princesse ! Quant à nous, allons rendre visite à ce roi déchu, car une petite explication s'impose.

Poing-de-fer en tête, ils parcouraient le chemin en prenant soin de ne point s'en écarter. Les lanternes menaient à une vielle maison de clan. Quatre marches permettaient d'accéder à une vaste terrasse. Le bâtiment en forme de loup avait pour gueule deux immenses portes, ouvrant sur une salle richement décorée. Tentures au fil d'or, meubles de chêne, tapis brodé et statue de pierre. Elthen et Malbür s'avançaient vers un trône taillé dans un seul tronc dessinant de lupus assis. Une voix sortante d'outre-tombe les invita à s'approcher.

— N'ayez que peu d'inquiétude Maître poing-de-fer et vous aussi Maître Hache-d'argent. Dans ma demeure, vous ne risquez pas vos vies, du moins à cet instant !

— Nulles craintes ne m'étreint Seigneur Algon'thine, roi gardien des terres froides. Mais avant tout, cessez ce maléfice et montrez-vous !

Une ombre se matérialisa, d'abord translucide, elle prit la forme d'un homme entouré d'un spectre lumineux. Une couronne scindait son front. Une longue chevelure épaisse lui couvrait les épaules. Derrière sa barbe fournie, il y avait un visage grave, aux arcades fortes.

— Me voici devant vous tel que je fus au temps jadis, aujourd'hui cette forme humaine n'existe plus, mon peuple et mon royaume également. J'ai foulé cette terre à la fin du premier millénaire, quelques années avant la bataille des ordres. J'étais jeune, fier et arrogant. Je croyais en Hutus Sumthus La Grande, et en sa force au début de la guerre des cents. Mais les lignes des orques de Hugarth ont eu raison de mes illusions.

— Je connais les récits des hommes, dit Malbür.

— Certes je n'en doute pas, mais connaissez-vous la fin ?

Algon'thine les observa tous deux, attendant une réponse qui ne venait pas. Il ajouta.

— Je suis rentré avec ce qu'il me restait de guerrier, pour trouver un village menacé. Nous avons fait appel aux alliances, mais nul n'est venu à notre secours. Après des mois d'une âpre résistance, le porteur de guerre de Nord'élia, a percé nos lignes par le sud, car la tour de garde des elfes avait été abandonnée. Je les ai maudits pour cela. Notre défaite était imminente quand j'ordonnais à la population de quitter le village en direction des rives et de fuir vers les terres de l'ouest. Je suis resté seul pour me dresser contre l'armée du nord. Capturé et presque rompu, j'ai été leur prisonnier et enfermé dans une geôle infecte. Le drakeïde a massacré

94

hommes, femmes et enfants, et m'a puni en me faisant revivre les trois derniers jours de mon peuple. La peur, la fuite, la mort.

Le seigneur Algon'thine prit place sur son trône, la tête entre les mains.

— La mort de votre peuple n'est pas de votre faite ! dit une voix apaisante.

Malbür et Elthen se regardèrent stupéfaits. Algon'thine se redressa.

— Qui se cache dans l'ombre ?

Une étoile scintillante descendit en voletant du plafond. Touchant le sol délicatement elle prit une apparence surnaturelle.

— Un ancien ami vous ne vous souvenez pas ? Je suis le mage d'Estian, mon nom ne vous saura d'aucune aide dans l'immédiat.

— Pourquoi je ne puis me souvenir ? enragea Algon'thine.

Une vague de colère l'envahissait promptement. Hurlant de douleur en se tenant la tête, sa voix prenait de tonalité plus grave et plus sombre. Sa musculature se gonflait à l'appel de son âme torturée. Malbür resserra ses mains sur le manche sa hache. Le mage d'Estian fit un geste du bras.

— Apaisement !

Le corps du seigneur cessa de gesticuler. Une chaleur apaisante gagnait son cœur, tout son être se relâchait.

— Poing-de-fer je vous pris de me donner la pierre de Fenris.

Délicatement il la plaça le bijou autour du cou du seigneur Algon'thine.

— Vous voici libre mon ami ! Du moins pour l'instant ! Mais n'ôtez jamais ce bijou. Le moment venu votre mémoire vous sera rendue.

Le corps du seigneur se matérialisa peu à peu. Il regardait ses mains, les faisant tourner pour observer le retour de la vie. Ses doigts touchèrent délicatement son visage sentant la chaleur d'un sourire l'éclairer. Ses yeux purent à nouveau voir la terre des hommes. Il tomba à genou. Tout autour d'eux le charme fut rompu, le village retrouvait son apparence. Malbür et Elthen soutenaient Algon'thine pour sortir des décombres. Poing-de-fer interrogea le mage.

— Et que faites-vous ici ?

— C'est une longue histoire, mais je prendrais le temps de vous expliquer à notre retour. En attendant, je ne vois pas Toreila et la princesse Helbena.

— Ils sont à l'abri dans l'auberge…

Le mage secoua la tête et dit.

— Alors tout est perdu !

Malbür laissa Elthen se débrouiller seul, et se précipita de l'autre côté du village. Le bâtiment n'existait plus. Un corps gisait dans la neige. Toreila. Et aucune trace de la princesse. Il s'appro-cha et s'agenouilla, lorsqu'une main se posa sur son épaule.

— Ce valeureux nain n'est plus, pleurez le maître poing-de-fer, car toutes les larmes sont un mal nécessaire.

Adeonïme verset 7

Le dé du destin quitta une main fébrile. Il roula au sol dans la poussière et le grain et s'arrêta sur sa troisième face.

— Que soit béni le destin, nous acceptons le fardeau qui sera le nôtre, en Naarz'al nous nous rendrons pour porter la parole de l'enfant. Maintenant, brisons le sceau et lisons sa pensée : « Voici la parole d'Afae'lashal reine des reines. Vous ne vous retournerez pas sur le sort de Sheddin, car de ma main bientôt périra. Prenez un navire rapide pour le large. Dans votre quête, vous croiserez l'île morte, roche impur qui convoite toutes les vies d'hommes, car en leurs parages dort une bête des fonds. Vous ne prêterez pas l'oreille à l'imprudent qui jugera bon de maintenir ce cap, vous saurez imposer la volonté de l'enfant et vous en écarterez. Un champ d'air vous poussera toujours plus au sud vers les Monts de l'ouest, mais vous ne vous arrêterez point. Car en ses plaines, Ardaên vomit comme un chaudron les forces obscures qu'il abritait en son sein. Lorsque, vous croiserez dans les parages de l'île Morte, jailliront alors, des vents mugissants, une mer bouillonne et l'écume du ciel, forçant le voyageur à trouver repos en port de Kromd'eil. Cherchez Ursul Drai'l il possède la clé ».

— Le temps est venu d'affronter les flots, dit Leete réfléchissant en repliant le parchemin.

— Pourquoi détruire Sheddin ? Iadim Therer y réside en homme juste, il ne mérite pas un tel sort ! s'écria Calaia'thilon.

— Je le sauverais si tel est la volonté de l'enfant, dit Syless.

— Sheddin ne croit plus en nous alors elle disparaîtra tel est la seule volonté d'Afae'lashal, trouvez un navire, je méditerais sur son sort.

Chapitre 4

Ils déposèrent le corps de Toreila sur un bucher de chêne et de hêtres. De l'assemblée montait un chant sombre.

À ta mort glorieuse,

Ton corps placé

En tombeau glacé,

Notre peine silencieuse.

Nombres nains d'antan tombés,

Sur champ de bataille d'armée,

T'accueilles là où vive,

D'autres, vaillants sur ces rives.

Seigneur nain ainsi mort,

Tous t'ont façonné,

Un repos bien plus fort,

Que les lames des épées.

Ainsi tu fus couronné,

De gloire et de lauriers,

Puis placé sur bûché formé,

Pour ton âme envolée.

Le mage prononçait quelques paroles.

— Va Toreila Hache-d'argent, rejoins les rivages blanc par-delà le voile de brume et retrouve tes valeureux ancêtres, auprès d'eux ton étoile brillera à jamais.

Elthen embrasa la paille, qui bientôt lécha le bois. Le feu emportait le corps en une fumée montant vers un ciel étoilé. Il tomba à genou exténué et blessé dans son être. Dans son dos, la complainte reprit, elle durerait des heures.

L'enchanteur le saisissait par les épaules pour le forcer à se relever.

— Venez avec moi maître Hache-d'argent, nous devons gagner la mine haute et parler à Malbür, car je vous dois quelques explications.

La mine descendait profondément au cœur de la montagne. Des puits sombres, froids et humides, partaient de toute part. La salle haute était l'œuvre de tout un peuple. S'étendant sous une voute soutenue par d'imposants piliers sculptés en des formes de statue, elle paraissait plus aérienne que large. Depuis de nombreuses années, le mage d'Estian exhortait Poing-de-fer à effectuer des excavations pour retrouver les galeries perdues menant à une tombe. La sépulture était un mythe oublié, reliquat d'un monde disparu. Les tablettes d'argiles permettant de la situer furent détruites à la fin de l'ère première, seule la transmission orale résista. L'enchanteur en connaissait les mots.

À la lumière des torches, Malbür appuyé contre un pilier, bouffarde à la bouche, les attendait.

— Vous voici enfin ! Pourquoi cette réunion secrète ? Et que fait maître Hache-d'argent ici ? demanda Poing-de-fer las.

— Elthen a sa place parmi nous, puisque par ma faute Toreila a rejoint ses aïeuls. Et masquer nous devons avancer, car les forces de l'ennemi grandissent, et à présent un grand nombre de ses espions ont gagné les terres des hommes, des nains, des elfes et Halfelin.

— J'ai eu vent qu'Adanedhel était en val de Sourn, pourquoi le cacher ?

— Pour les mêmes raisons que je garde à ma discrétion, la vraie nature du seigneur Algon'thine ! Sachez juste que des armées d'orques se déversent d'Ardaên, rasant tous les villages du val et exterminant tout un peuple. Du secret de sa mission dépend la vie de beaucoup. Les grandes batailles de notre millénaire arriveront promptement, mais nous devons savoir où et quand l'ennemi se décidera à engager le combat.

— En Sourn c'est évidant ! répondit Malbür en toussant la fumée de son tabac.

— Non, le val n'est qu'amas de petite pierre qui roule au flanc de la montagne, mais où se déclenchera l'avalanche ?

— Vous parlez toujours par énigme ! Mais elles ne sauveront pas le peuple Halfelin !

Le mage d'Estian resta silencieux un long instant.

— Certes, mais les hommes se sont levés, et en leur bras nous devons avoir confiance, si la chance les accompagne ce peuple sera sauf.

— Les hommes… Malbür toussa encore.

— Oui ! Les hommes ! Ils ont plus de force en eux qu'ils ne le pensent, certains deviendront même des Héros.

— Des Héros parmi les hommes ? J'espère être encore de ce monde pour voir cela !

— Et moi donc ! intervint Elthen resté discret. Mais que faites-vous de la princesse Helbena ?

— Elle a rejoint les rangs de l'ennemi et possède à présent un grand pouvoir en elle. La bête la ronge déjà.

— Et son père ? Que direz-vous au roi ?

— Rien ! Laissons supposer qu'elle est toujours en vie !

— J'ai croisé son regard, souligna Elthen tristement. Il n'y avait pas plus de souffle vivant dans son corps que dans celui de Toreila. Je ne comprends pas toutes ces choses non naturelles que sont la magie et la nécromancie, mais je sais reconnaitre un mort !

— Pas morte je vous le concède, du moins au sens où nous l'entendons. Helbena a pris un autre chemin qui ne mène pas à la fin, elle est devenue autre chose de bien plus dangereux qu'il vous faudra affronter bientôt.

Le mage ferma les yeux et médita dans le plus grand des silences. Les traits de son visage se crispèrent.

— Elle a franchi le pont de Zaad'dol il y a deux jours, l'obscur voile mes yeux.

— Bien ! dit Malbür, Elthen et moi partons en chasse ! Nous pouvons la rattraper !

— Maître Poing-de-fer, je reconnais bien là votre opiniâtreté, mais en aucun cas vous ne pourrez franchir le pont, seuls quelques talents bien particuliers le peuvent, moi-même ne possède ce don.

— Alors que faisons-nous ? demanda Elthen.

— Dans l'ouest, je vais vous envoyer. En terre du Bassin de Dïejin vous vous rendrez, nous avons besoin de l'appui d'un être peu recommandable, mais un maître dans son domaine.

— Les montagnes des gobelins ? Vous n'auriez pas perdu la tête ?

— Non, pas encore ! répondit le mage en riant. Il existe en ce lieu un magicien qui vous guidera, ne lui faites pas plus confiance qu'a un ennemi ! Malbür, Elthen, vous devrez vous faire discret, les créatures qui peuplent ces vallées ne vous aiment pas beaucoup.

— Vous nous accompagnerez cette fois ?

— Je vous attendrais à l'auberge de l'Agneau accueillant dans sept jours. Prenez un navire de pèlerin en direction du port de Djâal, c'est la route la plus sûre, mais n'oubliez pas que les frontières ouest sont bien gardées et que nombre d'espions tenteront de connaître la nature de votre voyage.

Le port de Djâal s'encombrait d'embarcations diverses et variées. Certains avaient déjà vu passer trop de vague, d'autres encore pourrissaient sur les bancs de vase à l'extérieur des digues de pierre. Les quais de bois, encombrés de pêcheurs, de voyageurs de commerce, de pèlerins, ployaient sous le poids d'un trop grand nombre. Le navire qu'ils empruntaient quelques jours plus tôt s'amarrait au ponton.

L'équipage posa une simple planche pour débarquer cale et hommes. Malbür et Elthen s'engagèrent sur cette passerelle improvisée qui vibra en se tordant.

Des cris portaient dans l'air. Appel des matelots. Vendeurs et charretiers s'époumonaient dans un air vif, accompagné du tintement des cloches de bord. Une série de marche déversait son flot dans la rue bordant le port. Le sol n'était que route en pavé, édenté par endroit. Eau croupissante et boue épaisse en remplissaient les trous. Les maisons à colombages se dressaient les unes contre les autres, appuyées pour certaines contre quelques constructions en pierres taillées. Leur mortier sable, strié d'un bois sombre, se distinguait sur les dégradés de gris. Derrière les fenêtres, les lumières fugaces des bougies dansaient. Les portes déroulaient leur grincement dans la rue, accompagné de volets que l'on fermait, ou qui battaient au vent.

Les enseignes se laissaient bercer dans cette brise légère qui transportait les effluves mélangés, de poisson, de vase et d'épices. Le sombre plafond du ciel donnait au lieu une atmosphère profonde de bourgade paysanne, tandis que les ruines de son ancienne forteresse, dominant la ville, indiquaient un passé puissant.

Malbür et Elthen emmitouflé de leur large cape à capuchon prenaient garde de ne croiser aucun regard. La froide humidité s'accrochait à leur botte de cuir couverte de cette boue lourde. Une pluie vint sur la Cité, les forçant à emprunter une ruelle sous les saillies des maisons. Les encorbellements assombrissaient complètement la venelle. Poing-de-fer portait son balluchon de toile suivi d'Elthen qui s'enroulait dans sa houppelande. Le passage débouchait sur une insignifiante place déserte. Les derniers passants se pressaient.

Une lanterne dodelinait au-dessus d'un porche éclairant faiblement l'enseigne de l'Agneau accueillant. La porte s'ouvrait sur une petite salle. Le crépitement d'un bon feu réchauffait les voyageurs et diffusait des ombres qui se décomposaient sur le mur de tuffeau. Le calcaire crayeux, blanc jaunâtre, tendre et poreux, adoucissait le bois brut du comptoir aux échardes piquantes et nombreux étaient ceux qui s'y attablaient. Les chopes de bière s'entrechoquaient dans des rires et des paroles fortes. Un scalde d'une voix rauque et enrouée, récita un vieux texte hérité des âges passés, quand la gloire de la cité en faisait toute sa renommée.

Tous se turent. Les larmes montaient aux yeux des anciens qui l'écoutaient.

Quand les rayons du soleil devinrent noirs et froids,
Et, que tous les vents empoisonnèrent la terre,
Vers l'ouest nous fûmes poussés.
Par la mer, en terres de Dïejin nous sommes venus,
Avant que n'éclosent fleurs et bourgeons printaniers.

Dïejin est en nous la plus belle des Terres,
Jamais notre amour pour elle ne se ternira,
Jamais notre passion pour elle ne se flétrira,
Le Temps n'a nulle emprise sur elle,
Dïejin, est la terre des nôtres à jamais !

Le mage d'Estian était assis au fond de la salle dans l'ombre, l'accompagnait à sa table un homme à l'air étrange. Au vu de sa taille, ce n'était pas un nain ni un elfe. Un manteau vert foncé, usé et sali par le voyage reposait à ses côtés. Sa tête nue était pourvue d'une chevelure brune épaisse. Un visage pâle et lisse ne laissait rien paraitre de ses émotions. Il scrutait la pièce de ses yeux péné-trants, les dévisageant dès qu'ils franchirent la porte.

Malbür et Elthen s'avancèrent vers eux d'un pas décidé, l'in-connu agrippa de ses doigts la garde de son épée tandis que l'autre se resserrait sur la chope. L'enchanteur posa sa main sur la sienne et dit sans même se retourner.

— Vous voici enfin arriver, prenez place et laissez-moi vous présenter celui qui vous accompagnera sur la route périlleuse me-nant en terre du Bassin de Dïejin.

Les nains prirent sièges, l'homme continuait à les observer d'un regard sombre et perçant.

Adeonïme verset 8

Le navire leva l'ancre sur le soir; Syless convenait que Iadim Therer fut sauf. Leete sur le pont priait Afae'lashal. Une boule lumineuse apparut au-dessus de Sheddin et il se prosterna face contre terre.

Puis il dit.

— Voyez, Afae'lashal est venue, à présent regardez avec votre cœur et ne vous retournez pas !

Au commencement, ce ne fut qu'un tremblement, les remparts vacillaient sur leur fondation et s'écroulaient en un fracas aux cris terrifiant. Et, les habitants de la ville, ceux de Sheddin, commencèrent à hurler, depuis les enfants jusqu'aux vieillards. Toute la population semblait jointe en une clameur commune.

Puis vint un grondement du creux du ciel. Le souffre et le feu. Les flammes se propagèrent rapidement brûlant la moindre brindille, réduisant à l'état de poussière ce qui un jour fut la vie.

Puis vint la mer engloutissait jusqu'au dernier des navires, se répandant partout, noyant les plus faibles et les mourants.

Et Afae'lashal apparut enfin sous l'apparence d'une brume aux vapeurs empoisonnées. Tous appelaient à l'aide face au jugement de la reine des reines.

— Pourquoi tant de malheur ? demanda Syless. Pourquoi accabler toute une ville déjà si tourmentée ?

— Tel est la volonté d'Afae'lashal, pour sauver les plus faibles il faut parfois les sacrifier ! Bientôt ils seront tous en son sein bénit mille fois, et quand l'heure sera venue, ils recevront le cadeau d'une nouvelle existence dans un monde meilleur où toute peine aura disparu !

— Et le mal perdurera ! Car il est l'opposé de la bonté comme la mort et la vie ! répondit Iadim Therer.

Chapitre 5

— Voici donc maître Poing-de-fer du peuple Dweorg, ceux qui ont bâti la cité d'Éthélia sur et sous la montagne, dit l'homme amicalement.

— Je ne pense pas avoir entendu votre nom ! dit sèchement Malbür.

— Par ici, tous le nomment l'errant ! affirma le mage sur un ton solennel.

— Ceci ne répond en rien à ma question !

— De tous les nains à tête dure maître Poing-de-fer vous êtes le pire ! Sachez que vous êtes à la table d'Atanor un fils perdu du trône des Fontaines d'argent !

— Le royaume d'Oscinia ? Je croyais ce peuple à jamais entré dans la légende ! Heureuse rencontre que celle-là !

— Les héritiers du sang d'Odinien ont presque tous disparu, sa fierté n'est plus qu'un souvenir. Peu se souviennent de nos glorieux fils des cités du nord, aujourd'hui la lignée de mon père n'est plus que ruine.

L'homme fixa Malbür droit dans les yeux. Le nain acquiesça de la tête.

— Bien ! Maintenant que les présentations sont faites, parlons un peu de notre mission. Nous devons absolument trouver sur

Mzorgg le gobelin, en plus de posséder un don de prophétie, il a eu vent du secret pour pénétrer en terre de Nord'élia.

— Parce qu'il nous faut une invitation pour entrer chez l'ennemi ? Je dis allons-y ! Malbür s'énervait.

— Nul ne le peut ! Il existe en ce lieu une nuit si profonde que même dix mille torches ne pourraient la percer ! souligna l'errant soucieux.

— Vous avez peur du noir ! Poing-de-fer se mit à rire.

— Vous devriez également la ressentir, car au plus profond de ce sombre rêve, dorment des êtres que vous n'avez jamais affrontés, et leur maître, le dernier Drakeïde, use d'un pouvoir sans limites…

— Tant que dureront les ténèbres ! Je connais ce vieux poème !

— Ce n'est pas un simple récit pour effrayer aux enfants Maître nain ! Il s'agit ici de la pure vérité ! Si nous ne trouvons pas le gobelin, personne ne saura en sécurité en terre de Salt ! affirma le mage en tapant du poing sur la table.

Elthen qui gardait bouche close prit la parole et dit.

— Je ne suis pas certain de vouloir vous suivre, la peur me ronge depuis la mort de Toreila. J'ai senti mon corps s'affaiblir depuis notre visite en terre froide.

— Votre bras n'a pas faibli maître Hache-d'argent, mais nous ne pouvons vous obliger, quelle est votre décision ?

Il les observa tous trois. Des jours heureux lui revenaient en mémoire, mais aussi la peine de son père quand le corps de son frère fut déposé sur le bucher et les pleure de sa mère inconsolable.

— Je ne me risquerais pas j'abandonne !

— La vérité sort par votre bouche, vous viendrez donc avec moi. Nous aurons à faire plus au sud dans les oasis de Kio'ipta.

Le mage baissa la voix devenant presque inaudible et attrapa une carte dans sa manche.

— Vous emprunterez un passage par lequel nul ne vous attend. Suivez la route en direction du nord-est, elle mène au vieux cimetière de Doum'hotz. Dans la cinquième tombe de la dernière rangée face au nord existe une galerie qui s'enfonce profondément dans les cavernes venteuses. Huit jours vous seront nécessaires pour traverser les grottes, mais faites bien attention de rester silencieux, des trolls patrouillent au plus profond de la roche. Le tunnel débouche dans d'anciennes écuries au centre du village de knot abandonné depuis un millénaire. Devant vous s'étendra le plateau des mille pointes. Plusieurs campements gobelin sont installés sur ces hauteurs, cachez-vous dans l'ombre et cherchez Mzorgg. Il sera facile à reconnaître sur son phacochère de Murmul, mais quoi qu'il advienne ne tuez pas la bête, car qui sait ce qu'il vous ferait en retour !

Le sentier cheminait en pente douce au milieu de grandes prairies. Au loin, de hautes montagnes s'élevaient, coiffées de glace blanche. Sous le soleil radieux, les oiseaux gazouillaient dans les branches des saules. Une brise légère enveloppée des parfums suaves du printemps caressait les herbes folles. Atanor marchait en tête d'un bon pas, et Malbür, à la peine, cherchait un second souffle, le visage rougi par l'effort. Des murets écroulés bordaient le chemin en de longs traits grisâtres sur un vert bien tendre, et dessinait le long du sinueux une muraille pas plus haute qu'un sanglier. Le bas d'une colline vint sous leur pied. Arrivée à son sommet, Poing-de-fer pu apprécier le paysage. Dans le lointain, une rivière scintillait, elle descendait des mille pointes en direction du sud-ouest. Des forêts, faites d'arbre caduc, grand et vigoureux, s'étendaient au pied des contreforts des monts. Dans toute la plaine, d'anciens tertres funéraires formaient de petits mamelons qui disparaitraient bientôt sous un épais fourrage. Des pierres dressées vers le ciel attendaient les prières d'un peuple qui ne venait plus.

— Connaissez-vous l'histoire de la création des forêts de Bor maître nain ?

— Aucunement. Répondit Malbür le souffle court.

— Alors laissez-mois vous en dire un passage cela écourtera notre chemin.

115

Au pied des mille blanches,

Entre vallons et collines proche,

Un ruisseau s'éveillait à peine,

Quand Bor vint boire son eau.

Rassasié par source pure,

Il observa toute nature,

Du gris de pierre au noir fourneau,

Rien ne vivait a par un chêne,

Racine noueuse prise sous la roche

Et quelques glands au bout d'une branche.

La voix grave d'Atanor portait en son oreille des vers mélodieux, qui se perdait en écho à travers la plaine. Le texte s'envolait en douce rêverie au-dessus de la frondaison, s'accrochant aux feuilles dans un bruissement léger. Malbür fut gagné par l'étrange impression que la nature écoutait.

À la nuit tombée, en vieux cimetière de Doum'hotz, ils arrivaient. À l'orée du bois, mur écroulé et pierres hirsutes l'entouraient. Croix alignées et couchées, croix déplacées et tordues, marquaient de leur forme un défunt oublié. Tombeau couvert de mousse aujourd'hui abandonné mourrait sous le lierre envahissant. Sépultures de jadis au nom gravé, quel Héros dormait ici en attendant son retour ? Mausolée du passé où la végétation remplaçait la fleur, nul ne venait à présent y prier. Lucioles et feu follet, touche de lumière joyeuse, dansaient entre les feuilles et l'herbe, dans un ballet que seuls les morts pouvaient apprécier. La lune immaculée éclairait la nécropole d'une lueur blafarde qui se perdait en un sombre engloutissement.

Malbür et Atanor pénétraient d'un pas sur en ce lieu de repos. Le gravier craquait sous leur pied. Des complaintes montaient des bois qui leur glaçaient le sang. Au matin seulement ils trouveraient la porte. La nuit serait propice à un sommeil tranquille. Mais une forme irréelle se matérialisa.

Un drap blanc couvrait son corps et son visage blême était celui de la princesse Helbena. Poing-de-fer fut en premier surpris de la voir en ce cimetière des morts. Atanor resta sans voix une main sur la garde prêt à bondir sur cet être ainsi venu. Sans un bruit elle se déplaça à travers fougères et ronces et vint à leur rencontre.

— Par votre faute Poing-de-fer me voici, ni morte ni vivante !

Malbür en sentiment mêlé sentait son courage et sa force s'évanouir. Atanor, instinctif, posa sa main sur son épaule pour lui affirmer son soutien. Une faible lumière passait entre ses doigts.

— En son cœur, le maître nain sait que votre sort n'est pas de son fait !

— Mensonge ! hurla-t-elle en une voix de bête. Il connait la vérité, des âmes du passé sont toujours présentes en lui ! Arrogance !

Poing-de-fer le cœur accablé, tomba à genou se tassant sur lui-même. Tête basse il ne disait mot. Son âme honteuse envahie par l'échec pesait lourd sur sa conscience. Il entama le chant, héritage de son clan.

En terre de Salt nous sommes venus,
Clan d'une lointaine montagne perdue,
Erigé cité nouvelle en vallée nue.
Mais guerre toujours venir.

Malbür fils d'illustre Nalbir,
Par trop d'arrogance pourvue,
À découvert sur sol moussu,
Donna assaut bannière tendue.

Armée orque ne fut vaincu,
Malbür portant étendard fendu,
Revint en guerrier dépourvu,
Pour fuite par caverne creusée.

Mais cavalier sur loup monté,
Arrive sur eux telle la pluie drue,
Mais, Boucliers et cuirasses fendus,
Ne défendent pas le nain obtus.

118

Femmes et enfants désarmés,

Précipités dans l'abime nuit,

Fils et épouse Malbür perdus,

Sous épée d'orque rouillée,

Son cœur meurtri depuis,

Se tourmente et se meurt.

Atanor pria en lui-même pour les nains tombés et ajouta.

— Des tourments, voilà la seule et unique chose qui émane de vous ! Preuve que vous n'êtes qu'une émanation du mal !

L'homme sortit Naaramil l'étincelante. Les symboles gravés prirent la couleur du feu rougeoyant, dessinant des lignes s'entre-croisant avec le métal de la lame.

— Stupide sang chaud, votre don des elfes ne vous sert à rien ici ! Aucune magie ne vit en Doum'hotz, elle fut bannie par les morts qui gardent ce cimetière !

Helbena disait vrai, la lame s'éteignit. Sa main se crispa faisant craquer le cuir de son gant. Malbür dit en se relevant.

— Vous étiez bien aimée par votre peuple, à présent vous n'êtes que chaos !

Il lança sa hache Tordïm dans sa direction, qui vint la heurter sans la blesser. L'arme tomba lourdement au sol. Helbena contraignit son aura en une vague bleutée qui les projeta en arrière. Malbür roula inanimé.

Une main froide se posa sur la chevelure d'Atanor.

— Et toi qui es-tu ?

Elle tentait de lire en lui.

— Vous l'ignorez ? Alors, laissez-moi vous confiez ce secret Atanor ! Vous êtes le fils de Paham le grand roi, héritier du trône des Fontaines d'argent en Oscinia !

Voulant entrer profondément en son esprit Helbena resserra sa prise presque à lui fendre le crâne, mais la force de volonté de l'homme l'en empêchait.

— Je sens l'immense pouvoir elfe en toi, un cadeau qui vient d'elle ! Secrètement l'espoir de reprendre la place qui t'es dû te pousse en avant, mais tu sais au plus profond de toi que pour parvenir à tes fins tu devras l'affronter lui ! Le dernier ! Intéressant je ne savais pas qu'avant d'être le dernier drakeïde il était ton…

Elle poussa un hurlement qui résonna en tout lieu. Poing-de-fer venait d'utiliser Tordïm.

Chroniques de :
Therroren de Düranor

Chapitre 1

La ville de Talriel habituellement calme et paisible revêtait toutes les couleurs de l'agitation. Depuis l'aube d'un soleil rouge sang, les ruelles s'encombraient dans un passage incessant de cavaliers. Les bruits de sabots sur le sol pavé réveillaient la cité endormie.

La colline où était bâti Talriel fut occupée bien avant que ne fût posée la première pierre du château de Nebizel. Les hommes de Düranor, considéré comme d'excellents dresseurs de chevaux, étaient aussi de redoutable cavalier qui participait tout au long de leur histoire à de nombreuses batailles. Peuple fier, il refusait l'aide des autres races de Salt quand leur cité fut assiégée par l'armée de Keyon le troll qui se brisa sur les remparts au début du deuxième millénaire sous le règne d'Ordcheal. Depuis lors, la vaillance déclinait. Rongé par les légendes des Héros passés, les rois qui se succédaient sur le trône se cachaient au fond du palais, laissant à leur héritier le poids de la seigneurie et leurs fils perpétuaient cette tradition.

Les hautes tours de garde à l'architecture guerrière surplombaient les toitures en bois. Les cheminées crachaient leur fumée, qui s'élevait dans l'air vif et brumeux en fumerolle fantomatique. Les volets s'ouvraient dans des bruits graves de gonds mal graissés accompagnés du tintement des marteaux. Quand le voile du brouillard se levait enfin et qu'un fugace rayon de soleil venait toucher la pierre, Nebizel naissait d'un blanc pur et éclatant. Ses bannières bleues et or claquaient au vent et sonnaient les trompettes d'argent. Toutes maisons étaient granit et marbre à la fois.

La salle du seigneur se situait au nord de la ville dans un solide bastion derrière une immense porte de bronze. Les tapisseries d'un velours azur épais étaient brodées en fil d'or. Les lustres d'argent brillaient à la lumière des bougies. Au fond, s'élevait une estrade couverte d'un tapis tressé d'or, et posé dessus un trône de marbre.

Un homme affaibli par l'âge se tenait droit en son centre. Ses longs cheveux blancs recouvraient sa nuque. Des rides profondes entaillaient son visage. Ses yeux gris observaient. Depuis la veille au soir, l'agitation et la peur gagnaient la cour. Le roi Sinual gouvernait un conseil.

— …mon père, nous devons répondre par les actes aux attaques des orques ! Tout le val de Sourn sera bientôt à nos portes ! dit Therroren d'une voix forte.

— Depuis quand un fils quémande l'autorisation à son aïeul pour faire la guerre ? demanda Idsaus.

Un homme grand et malingre entra dans la pièce. Longue barbe rousse et petits yeux sournois.

— Que me pardonne le grand maitre Idsaus de consulter mon père ! Mais la guerre n'est pas affaire de croyance, mais de politique !

— Depuis le dernier vaillant, les enfants acceptent la charge qui leur est dévolue !

Therroren avait l'œil brillant, d'un vert sombre. Ses larges épaules recouvertes d'une cape renforçaient son physique sculptural. Il regardait souvent les hommes de haut, car nul ne lui arrivait à hauteur de tête. La déesse l'avait pourvu de trait fin. Nez droit, menton carré, barbe blonde se terminant en boucle, longs cheveux tressés.

— Tous les régnants de ma lignée étaient lâches ! Cette même lâcheté qui étreint mon cœur, prompt à me faire prendre de mauvaises décisions. Mon fils, tu n'as pas hérité de cette faiblesse de l'âme, depuis toujours je ne m'explique pas la vigueur de ton bras et le courage de ton cœur. Arrivé au seuil de la mort, je regrette de ne pas avoir été un père. Maintenant que la guerre vient à nos portes, j'ai peur en ta disparition.

Sinual s'écroula sur son trône, la tête dans les mains. Therroren s'approcha et le prit dans ses bras.

— Père n'ayez crainte, je reviendrais.

Il l'embrassa sur le front.

Therroren ordonna que tous les hommes, jeunes et vieux se préparent à la guerre. Les selles de cuir prirent place sur le dos des montures. D'étincelantes cuirasses rangées en cohorte à longue lance de fer parcouraient les rues d'un pas cadencé. Les boucliers s'entrechoquaient avec les plastrons donnant écho à une anxiété montante. Dans les forges, des étincelles volaient en gerbe, l'acier rougi sortait des braises. De la vapeur s'échappait au contact de l'eau en un souffle de dragon. Les cents cavaliers formaient peu à peu une colonne à l'extérieur des remparts.

Therroren descendait la rue principale, revêtu d'une armure de métal, son heaume sous le bras. Elle produisait un son de cliquetis grinçant. Idsaus suivait son pas rapide.

— Notre roi, votre père, nous quittera dans un avenir proche. J'ai bien peur que sa vieille lumière vacillante ne s'éteigne…

— Il n'en sera rien, Sinual, mon père, attendra notre victoire avant de franchir les portes blanches ! Mais, je ressens votre agitation ! Votre langue fourchue me laisse à penser que vous tentez de m'évincer du pouvoir ! Or c'est Therroren fils de Sinual l'héritier de Düranor et non Idsaus !

— La régence me revient en absence de tout seigneur sous la couronne !

Therroren garda en lui les réflexions sur le sort qu'il lui réservait à son retour.

— Tu tiens à la vie Idsaus ?

— Autant que le moindre des habitants de cette ville ! Mais il ne s'agit pas ici de ma fin, mais de celle de votre père !

Therroren sérieux s'arrêta. Une colère profonde s'emparerait de lui. Laissant tomber son heaume, il saisit l'homme à la gorge et le poussa contre un mur. Sa bouche s'approcha de son oreille.

— Écoute les mots qui sortent de derrière mes dents, à mon retour mon père devra être assis dans la salle d'or sur son trône avec la vie dans ses veines !

Il serait de plus en plus, sentant sous ses doigts les contractions de la gorge d'Idsaus et ajouta.

— Si par malheur en mon absence il n'était plus, aucun pouvoir tu n'obtiendras, tu ne prendras pas place sous la couronne, car ce royaume est le mien ! Je te conseille de fuir ! Mais sache que nulle terre de Salt ne sera assez grande pour te cacher ! Adieu.

Therroren lâcha prise, ramassa son heaume éraflé, et se dirigea vers les portes du rempart et la guerre.

Les chevaux nerveux hennissaient. Chevaliers et soldats furent gagnés par une exaltation en voyant Therroren. Il était droit, il était fier, un fils de la terre de Düranor. Tous l'acclamèrent d'une seule voix. Enfourchant son destrier il prit la parole.

— Sonner trompettes, sonner buccins, que l'ennemi entende cette clameur monter de la terre ! Face aux orcs rien ne doit retenir votre bras et votre souffle ! Vous avez prêté serment au roi Sinual de défendre le royaume, agissez en homme de Düranor ! Et que votre victoire soit totale !

Saisissant les rênes d'Arze son destrier noir charbon, il gagna sa place en tête de colonne.

Les cors de la cité se mirent à gronder, vidant les arbres de tous leurs oiseaux. Le peuple attendait le passage des Héros pour jeter des fleurs jaunes sous les sabots de leurs destriers. La troupe prit la route de l'ouest pour traverser le pont sur la rivière Izaine. Elle se perdait au loin en direction des montagnes. Toute la vallée s'éveillait au chant des trompettes que la nature elle-même ne pouvait imiter. Les chevaux soulevaient une poussière si dense qu'elle ne se dissipait pas.

Les dernières lueurs de la fin du jour embrasaient le ciel, et se reflétaient sur les armures polies. Le clapotis de l'eau, doux et mélodieux en bon temps, n'était à l'oreille que torrent furieux. Les cents cavaliers approchaient des berges. Therroren partit plus avant. Son cheval s'arrêta au bord de ce qui fut jadis un pont de bois solide. L'hiver rigoureux avait eu raison de lui. Les tentes furent dressées, les feux allumés. Le fils du roi resta assis devant la rivière sur une roche plate. Son épée Elianil, plantée dans le sol meuble, se balançait dans la brise du soir et faisait miroir à la lune. Elle se figea dans un bruit de cristal frotté. Un homme vint en voix lui porter conseil.

— Vous me semblez bien fatiguer Therroren fils de Sinual.

Therroren n'eut aucune réaction, perdu dans ses pensées. L'homme ajouta.

— Un peu de magie pourrait vous aider à passer la rivière, je peux faire cela.

Therroren pris d'un mouvement hésitant redressa la tête, mais la pénombre cachait son interlocuteur.

— Qui êtes-vous ?

— Un très vieil ami seigneur Therroren, cela fait bien longtemps que nous nous sommes vus, vous n'étiez encore qu'un enfant ! Mais sachez que tous me nomment le mage d'Estian.

— Vous ici ? Cela ne se peut ! Vous êtes à plus de mille lieux !

— À dire vrai, je ne suis pas vraiment prêt de vous, du moins pas physiquement, je ne suis qu'un rayon de lune reflété sur votre épée. Demain, aux premières lueurs de l'aube, je maîtriserais pour vous la rivière Izaine.

— Pourquoi n'êtes-vous pas auprès de mon père en cette heure grave ?

— Pour les mêmes raisons qui m'empêche de venir à vous, mais je puis vous conseiller à travers votre arme si vous le désireux.

— J'accepte, car maintenant que je me retrouve face à l'ennemi le soutien d'un magicien ne sera pas de trop.

— En aucune manière, je ne pourrais intervenir au combat, mais n'oubliez pas que vous pouvez compter sur moi.

La voix se perdit dans le bruit du torrent. Un tonnerre perça la nuit. La lame de son épée devint blanche.

Comme le mage l'avait promis, aux premières lueurs de l'aube un grand fracas les réveillait. Un rocher pesant plus de mille hommes bloquait le flot de la rivière. Les cavaliers rapidement en selle descendirent dans le lit d'Izaine au son des clairons. Les chevaux paniqués ruaient sous la bride. La colonne s'engagea sur le chemin menant au col de Kerad-Ghesh.

Adeonïme verset 9

L'esquif filait bon vent. La mer clémente les portait de ses vagues. Une voix profonde se leva des profondeurs, le roi mystique Gorbundus l'ancien drakeïde parlait aux puissances cachées dans les eaux. Un tumulte rugissant vint gonfler la voile. Calaia'thilon protégeait l'enfant dans ses bras. Les déferlantes grossirent et grossirent encore.

Leete s'agenouilla et implora la reine des reines.

— Ô Afae'lashal protège nous du mal, montre-nous une autre voie, soit notre guide à travers l'obscurité.

Le marin tourna brusquement le gouvernail les emportant loin des récifs de l'île morte. Syless voyant les dessins du mal se réaliser se jeta sur l'homme et agrippa la barre. Luttant de toutes ses forces, il invectiva Afae'lashal.

— Permets-nous d'aborder l'île interdite ou tous périront en ces flots ! Prouve-moi ta grande mansuétude !

Entrouvrant le noir ciel, une lumière descendit des cieux, et sépara les eaux furieuses laissant libre le chemin. Le temps figea l'agitation tout autour d'eux et une brise légère les transporta. Mais le pouvoir du roi mystique gagnait en vigueur et terrassa l'indulgence de la reine des reines. Proche du bord, la tempête reprit de plus belle, elle se referma sur la frêle embarcation en un bruit glaçant. Tous subissaient la colère du maudit seigneur qui en voulait à la vie de l'enfant béni. La barque se fracassa sur les roches, les projetant à la mer. Et, sur le sable humide ils vinrent à peine vivant, épuisés par tant d'effort, seul l'enfant fut protégé comme en était la volonté d'Afae'lashal.

Chapitre 2

L'hiver tenace s'accrochait encore sur les monts escarpés. Les rochers éboulés au milieu du sentier se recouvraient des premières neiges et ralentissaient la progression de la colonne. Malgré la vigueur des chevaux, atteindre le col ne serait pas aisé. Therroren mit pied à terre pour soulager Arze d'un poids inutile.

À marche forcée et le souffle court, il tentait une ascension, mais ses lourdes bottes glissaient sur le granit poli. La journée serait emplie de fatigue pour les hommes et les bêtes et il priait de ne rencontrer nul ennemi en ce sentier escarpé. Une forêt de sapins se dessinait au-dessus d'eux. Sa teinte verte se découpait sur la blancheur de la glace. Les pics neigeux qui les dominaient s'entouraient à présent d'un vent froid et humide. Il mugissait en empruntant le défilé.

Après trois lieues d'une interminable marche, Therroren ordonna de dresser le campement à l'abri des arbres, et d'en casser les branches pourries pour en faire un bon feu. Il s'adossa à un tronc proche d'un précipice. De cet endroit la vue sur les terres de Düranor était poétique. Une large coulée bleue traversait des pâturages vallonnés d'un vert éclatant, des bosquets plus sombres étalaient leur ramure. Les montagnes, masses grises coiffées de neige, se détachaient dans le bleu du ciel et au-dessus d'elles jouaient dans l'azur quelques petits moutons blancs. Il distinguait parfaitement la ville de Talriel posée au centre de cet écrin. La terre de ces ancêtres paraissait encore plus belle. Une rafale de bise lui arracha un frisson. Therroren regagna les siens.

La nuit s'invita et avec elle une neige fine et collante. Assis près du feu, il écoutait les hommes, dont le moral était fort, entonner la complainte de tout un peuple.

> Par-delà les montagnes enneigées,
> Vit une cité blanche argentée,
> En quête de gloire et de fierté.
> En son avenir tout était sombre
> Le vent mugissait contre son ombre,
> Mais la guerre va venir,
> Apportant un grand repentir,
> Pour un meilleur devenir

Le matin vint rapidement. Les cents cavaliers avaient pour objectif d'atteindre la vieille tour de grade de Nala'akra, elle serait une position facile à défendre face aux orques. Le sentier qu'ils empruntaient la veille s'engageait dans un défilé menant au passage sous le glacier.

La colonne avançait prudemment et sans un bruit sous la longue voûte. Les parois de neige durcie brillaient comme le diamant taillé. Un bleu crépusculaire semblait s'écouler sous la couche de glace translucide. Une rosée froide gouttait du plafond qui menaçait de s'écrouler. Les respirations saccadées emplissaient l'air d'une condensation lourde. Devant eux, à l'autre bout de ce tunnel de gel, des galets roulaient sur le flanc de la montagne, donnant écho à leur pas. Therroren fut le premier à sortir de ce tombeau hivernal, il prit une profonde aspiration. Loin au-dessus de lui, les ruines d'une haute tour sombre se dressaient vers le ciel, plus inquiétantes qu'engageantes.

L'observatoire, abandonné aux brigands et mercenaires par les elfes noirs, n'était plus qu'amas de pierres éboulées, gravats encombrants et planches pourries. Le mur qui la ceinturait fut bâti entre d'imposants blocs de granit, il offrait encore quelques abris de fortune pour échapper aux traits foudroyants des arcs. Dans le plus grand silence, les cavaliers gravirent le lacet du sentier qui débouchait devant l'ancien corps de garde défendant l'unique accès à une cour pavée. Sur le petit plateau régnait un calme improbable. Mais l'air sentait la mort. Therroren sortit sa lame et pénétra dans l'enceinte ouverte au vent. Des cadavres mêlés d'orques et d'hommes jonchaient le sol. Le sang recouvrait la pierre et le bois. Il s'avança près d'un feu pour en apprécier la chaleur des braises.

— Ils sont ainsi depuis une journée tout au plus ! Montez le camp et mettez les en terre !

En constatant le sort réservé aux hommes, Therroren comprit que la vaillance seule ne suffirait pas pour vaincre. Regardant, Elianil, son épée il s'interrogeait. Elle émit une brillance et la voix du mage se fit entendre.

— Therroren, je lis en votre cœur la même peur qui étreint le mien.

— Cent cavaliers ne suffiront pas contre le mal, nous ne vaincrons pas !

— Tous traverseront des heures sombres, mais ils ont plus de courage en eux que vous ne le pensez et au matin, le monde des hommes verra renaitre les jours glorieux.

— Comment les mener à la victoire quand moi-même je suis envahi par le doute ?

— Vous avez hérité du sang de Düranor, votre bras est fort et votre cœur vaillant ! Brandissez l'étendard de votre royaume, ils vous suivront ! Permettez-moi de prendre congé.

La lumière s'éteignit délicatement.

Therroren passa une nuit agitée. Le visage blême de sa mère aux longs cheveux couleurs blé mûre lui revenait. Tout était doré comme le miel. Assise sur un banc de pierre taillée dans un granit au ton d'ivoire au milieu du jardin contemplatif du palais, elle rêvait. Un papillon bleu nacré vint se poser au creux de ses mains délicates et frêles. Elle le porta près de sa bouche et lui parla en une langue douce et inconnue. D'un geste gracieux, elle le laissait s'envoler et sans un mot refermait ses grands yeux pâles. Tout était gris comme la pierre. Il se revoyait enfant, marchant à côté de son père, derrière le carrosse laqué de noir brillant, qui emportait sa mère au tombeau, sous une pluie de feuille d'automne mélancolique, et parmi elles voletaient des papillons bleus, l'un d'entre eux vint se poser sur sa main. Il se réveilla en sursaut lorsque pénétra un soldat dans sa tente, un elfe demandait audience. À l'extérieur, l'aube froide remplaçait la nuit. Le ciel prenait les couleurs d'une tempête prochaine. Therroren sortit et se retrouva face à lui. Une vingtaine de pas les séparait.

Bien que très semblable aux humains, il était reconnaissable parmi ses hommes. Therroren percevait son aura enchantée et chaleureuse. De taille moyenne et svelte, l'elfe se déplaça avec une surprenante aisance de mouvement, il vint avec grâce pour se présenter. Sa démarche légère ne laissait nulle trace dans la neige drue. Dans son dos un arc Indarin et un carquois se balançaient par-dessus une cape à liseré d'or.

Il portait une tenue de guerre inhabituelle. La tunique blanche de son peuple était remplacée par une armure en argent finement ouvragée. Les canons d'avant-bras n'étaient que fin entrelacement de fil mithtril solide, les grèves qui protégeaient une paire de

138

bottes en cuir brun avaient perdu leur éclat sous une épaisse boue, preuve d'un très long voyage. Et en dessous dépassait un pantalon sylvestre vert foncé. Ce qui attira l'œil de Therroren se trouvait gravé profondément au centre du plastron. L'emblème de son royaume.

Son heaume couvert d'inscription cachait l'intégralité de son visage, il ne pouvait voir ses yeux et en apprécier le caractère.

— Bonjour à vous Therroren fils de Sinual et héritier de Düranor, je suis Thalyn enfant de Sylsaniat du peuple Indarin, dit l'elfe en se baissant vers l'avant. Maidhfinden m'a envoyé vers vous.

Sa voix était étrange derrière son casque.

— Bonjour à vous, Thalyn enfant de Sylsaniat, le mage d'Estian ?

— Et j'apporte également la parole de notre souveraine et sœur Arnwyn héritière d'Afae'lashal : « Monseigneur Therroren héritier de la terre des hommes de Düranor, en l'honneur d'Ancienne Alliance qu'il existait entre nos peuples je vous envoie Thalyn enfant de Sylsaniat qui vous conseillera. Puissiez-vous obtenir la victoire contre ces ennemis qui nous menacent et revenir en votre maison ». Elle lui mentait.

— J'accepte votre aide, elle nous sera très précieuse vu le grand péril qui nous guette. L'arc d'un guerrier elfe est toujours redoutable.

— D'un guerrier ?

Thalyn enfant de Sylsaniat retira son casque, ses longs cheveux argents sortirent en une gerbe étincelante, ils flottèrent l'espace d'un instant et tombèrent sur ses épaulières en métal formées. Sa peau fine et claire accentuait l'ambre de ses yeux pétillants soulignés de noir geai. Les traits de son visage étaient d'une beauté sans égale. Elle posa son regard dans celui de Therroren qui resta sans dire mot sous l'effet de la surprise.

— Ou d'une guerrière ! La présence d'une femme parmi vos cent cavaliers ne vous gêne pas ?

— Excusez mon étonnement, je ne pouvais pas savoir, dit-il confus et bredouillant. À mon sens, votre bras est légal d'un autre, au combat nous sommes tous alliés.

— Vous aviez une question sur Maidhfinden si je ne m'abuse demanda-t-elle avec un large sourire.

— Comment se fasse-t-il que vous connaissiez le mage d'Estian ?

— Il est un très vieil ami de ma famille, avec qui j'ai de profonds liens depuis la première ère.

— La première ère, ce sont des centaines de vies d'homme, répondit Therroren en pleine réflexion.

Thalyn le regarda droit dans les yeux, Therroren se sentit mal à l'aise et ajouta.

— Nous devons préparer les hommes pour le combat, reposez-vous dans ma tente, quand le soleil sera au zénith l'heure de la guerre viendra.

Adeonïme verset 10

Sur plage de l'île morte, ils se relevèrent. Esquif détruit. Syless le visage dans les mains pleurait toutes larmes de son corps. Sa femme, Calaia'thilon s'approcha de lui avec l'enfant dans les bras. Il posa sa petite main sur la tête de son père.

Leete constatait que Iadim Therer n'était plus, Afae'lashal la reine des reines le rappelait en son sein à la fin de la tempête, ainsi que tous les hommes. Elle avait réclamé son dû.

— Par un geste de pure bonté, la reine des reines a sauvé ses martyres, dit Leete à genou devant la dépouille.

— Elle les a sacrifiés à nos dépens ! souligna Syless.

Le gardien préféra taire ses pensées.

— Nous devons trouver le moyen de quitter cette île, le destin doit s'accomplir !

— Nous devons construire une embarcation pour rejoindre le port de Kromd'eil et cherchez Ursul Drai'l, répondit l'elfe. Sur ce rivage les arbres sont nombreux et vigoureux.

Un éclair se fit entendre comme une approbation. Un Miracle.

— Un Don d'Afae'lashal sur le sable déposé, s'exclama Leete exalté. Quelques outils neufs pour les abattre tous.

Syless entailla les troncs et prépara des planches, il ne sentait plus la peine et la fatigue.

— Afae'lashal se chargera de fabriquer notre navire pendant notre repos, car elle tient à nos vies à tous.

Et la reine des reines fit un nouveau don pour les voyageurs échoués. Au matin un esquif reposait sur son flanc. Il dégageait une odeur de résine et de goudron.

Chapitre 3

Le plateau se situait encore à cinq lieues de là. Le sentier avait disparu sous une neige abondante. Les sapins se raréfiaient, l'air devenait plus froid. Les cent cavaliers grelotaient enfermés dans leur armure métallique. La tempête les avait rattrapés, les couvrant d'un voile blanc, bouchant le paysage et la vue.

Therroren, enveloppé dans sa cape tentait de garder la chaleur de son corps et lutait à chaque pas contre les alluvions de l'hiver qui enlisaient ses chevilles. Il marchait en tête, accompagné de Thalyn qui ne semblait nullement dérangée par les rigueurs du climat de ces montagnes. Claquant des dents, nul mot ne sortait de sa bouche, il restait concentré sur lui-même. Le vent mugissait de toutes ses forces. Au détour d'une falaise, l'intensité se fit moindre, suffisamment pour entendre, venant du lointain, des cris et des grognements. Therroren prit un instant pour souffler et tendre une oreille attentive. Des cors d'orques résonnaient dans le ravin de l'autre côté du col de Kerad-Ghesh. Il fit un signe du bras et le silence se fit. Thalyn aperçut l'étincelante épée sous la cape.

— Je ne comprends pas ! souligna Therroren d'un ton grave. Nous ne devrions pas les percevoir, la tempête est dans notre dos.

— Regardez votre lame, quelle est cette magie ? demanda Thalyn à voix basse.

— Un cadeau du mage d'Estian. Voilà pourquoi leur voix semble si proche sans pour autant être à leur vue.

Elle acquiesça de la tête et ajouta.

— Le déchainement du ciel épuise les bêtes et les hommes, ce bouillonnement nous atteints avec fracas, trop de force seront abandonné sur ce sentier, ne peut-il rien faire pour cela ?

— Nullement, nous avons l'avantage malgré notre mauvaise fortune. Les orques ne se risqueront pas à venir contre le vent. Leurs arcs, même bandés et prêt à rompre n'atteindraient leur cible. Quelle que soit la taille de l'armée cheminant par-delà le sommet, sa surprise sera totale quand nos chevaux passeront la pierre bleue, et que nous fondrons sur eux pour les détruire !

Les cavaliers reprirent leur marche et arrivèrent enfin au col. Des corps gisaient dans la neige. Therroren comprit que les orques avaient exterminé les Halfelins sans défense. Il sentait une puissante colère monter en lui. Rapidement, par quelques gestes rapides, il ordonna le branle-bas de combat. Il regardait ses hommes dont les yeux se remplissaient de peur.

— Homme de Düranor, mes frères, la route de la victoire est pavée de serpents, c'est l'âge des haches, l'âge des glaives ! Les boucliers seront fendus à l'assaut, mais vous vaincrez ! Voyez ces corps c'est l'âge des tempêtes ! Courrons à la ruine, courrons à la mort prochaine ! Jusqu'à notre rédemption par le sang ou jusqu'à ce que le monde soit détruit ! Au combat !

Therroren divisa son bataillon en deux. Un groupe d'archer qui visera l'ennemi toujours plus loin, et un second plus téméraire pour le corps à corps.

Ce fut d'abord une volée de flèches sifflantes suivies du grondement des sabots donnant la charge. Les cris de guerre retentir dans l'étroit vallon se répercutant contre les falaises. Et les cors sonnaient.

Les orcs, de dos, furent surpris, mais nuls ne se risqueraient à fuir, car la neige épaisse ralentirait leur course.

Quand les cent cavaliers apparurent enfin à travers le rideau du blizzard, les piques des lances transperçaient déjà la dernière ligne, dans un fracas d'acier brisé et de boucliers fracassés.

À peine, ses premiers orcs s'écroulaient dans la froideur de la poudre blanche, que les épées furent tirées des fourreaux, et les cavaliers précipitèrent leur monture sur le reste du bataillon. L'ennemi vociférait sa haine, car ils haïssaient mortellement les hommes.

Le fer s'abattit avec force, décimant rapidement tous ceux qui se trouvaient à leur porter, fendant les armures et déchiquetant les cottes de mailles, si bien que les lambeaux ne pouvaient ni couvrir ni protéger l'infortuné soldat. Therroren, épaulé de Thalyn, participait à la mêlée. L'arc de l'elfe faisait de nombreuses victimes. Il frappait de toutes ses forces sur la gauche, sur la droite, esquivant une hache, se protégeant de son écu contre le tranchant des lames.

Dans les bruits du combat, des hommes appelaient à l'aide, d'autres gémissaient, et d'autres encore exhalaient leur dernier souffle, renforçant le courage et la peur mêlés.

Les orcs répliquaient férocement, ils se défendaient en frappant de leurs épées noires sur les flancs, sur les bras et sur les hanches. Ils se comportèrent en animaux irrespectueux des règles d'engagement. Ils châtiaient et blessaient les chevaux, avec l'intention de mettre un terme à la charge, mais les hommes se tinrent sur leurs montures. Les cavaliers de Talriel ne mirent pas pied à terre une seule fois, ainsi la bataille n'en fut-elle que plus belle.

Les chevaliers étaient acharnés à hâter leur mort quand la tempête diminua d'intensité. Le champ de bataille se découvrait, couvert de corps et de sang. Nombre d'hommes tombaient avec honneur, mais l'ennemi avait perdu la moitié de ses effectifs.

Sur ordre de Therroren, les cavaliers se remirent en ligne, pour ne pas gaspiller leurs coups et leur force, heaumes cabossés et bouclier rompu formaient à nouveau un groupe compact. Les hauberts étaient si échauffés par leurs propres corps, qu'ils ne sentaient plus le froid mordant.

La bataille aussi féroce et aussi dure qu'elle soit, se prolongerait tant que les derniers rangs orques ne seraient rompus. Car les hommes possédaient en eux un si grand courage, qu'à aucun prix ils n'abandonneraient à l'ennemi un seul pied de terrain.

Therroren se jeta à nouveau dans le combat, projetant sa monture par-dessus une solide ligne de bouclier. Un orc fort et haut, aux traits hideux, vint lui faire face. L'héritier de Düranor ne sentit aucune peur, son bras ne vacillait pas. D'un geste rapide, il porta un estoc blessant à mort le commandant en sa gorge. Ce fait de guerre désorganisa les vils bêtes, et une vague de fuyard se déversa en direction du val.

Thalyn prise dans la fureur de la guerre vit passer sur sa droite à une bonne distance, un petit groupe dont certains n'étaient pas plus haut qu'un demi-orque, elle banda son arc et décocha une flèche sifflante qui toucha sa cible. Rapidement sa main vint saisir un empennage dans son carquois, mais une rafale de vent puissant la déséquilibra et le blizzard recouvrit le col à nouveau.

Les hommes de Düranor, pied à terre, arpentaient le champ de bataille, passant d'un corps à un autre, espérant trouver quelques blessés. Therroren assis sur une souche, accablé de douleur par tant de morts, tentait de reprendre ses esprits. Sa cavalerie perdait plus de la moitié de ses vaillants.

— Tous morts, tous des Héros au vu de votre peuple, dit Thalyn d'un ton respectueux.

— Pourquoi ne suis-je pas parmi eux ? Je les ai exaltés à me suivre au combat et n'ai subi nul sort identique.

— Votre destinée n'était pas de mourir ici au col de Kerad-Ghesh, vous devez mener d'autres batailles en d'autres lieux ! Vous avez vaincu la malédiction de votre lignée, le sang d'Ord-cheal coule dans vos veines !

— Peut-être avez-vous raison, mais…

Une forte voix donnant ordre interrompit la conversation. Apparu de vague silhouette dans le brouillard blanc. Des prisonniers bien gardés trainaient les pieds. Arrivé à vue, Therroren jugea la situation. Un homme, un Halfelin et un blessé. Ils furent jetés à terre devant lui comme trophée héroïques. D'un revers de main, il pria les gardes de reculer, car menace il n'était point.

Thalyn emplit de la compassion de son peuple se pencha sur le petit être, lui toucha le front, posa une main sur sa poitrine. Elle leva la tête vers Therroren, ses yeux s'emplissaient de larme. Adanedhel vit le carquois aux flèches blanches.

— Votre ami est mourant, je vais ordonner qu'il soit soigné ! dit-il d'une voix grave.

Adanedhel se pencha en avant en signe de gratitude et de respect. L'hériter de Düranor ajouta.

— Mais n'ayez pas trop d'espoir, car le regard de l'elfe en dit long sur son état.

Therroren leva la main et le Halfelin fut emmené sous le regard incrédule de ses compagnons. Therroren les questionna.

— Que font un homme et deux Halfelins au col de Kerad-Ghesh, seriez-vous des espions de ces orcs ?

— Nous ne sommes que d'humble rescapé de la fureur qui se déverse d'Ardaên. Je suis Adanedhel de Thovarin, voici Fihörn Feuilledethé du village Roulecolline dans le val de Sourn, et notre malheureux ami se nomme Ostran Bonbaril. Nous fuyons depuis des jours à travers champ et forêt, tentant de rejoindre les terres de Düranor.

— Bienvenu à vous ! Je me présente, Therroren fils de Sinual et héritier de Düranor ! Et voici Thalyn enfant de Sylsaniat du peuple Indarin.

Elle posa une main sur son cœur et se baissa pour un salut empli de respect. Therroren ajouta.

— Nous devons retourner en ma cité pour honorer les morts victorieux, accompagnez-nous, vous y serez en sécurité.

Il se leva, pris congé et se dirigea vers les soldats qui chargeaient les corps sans vie de leurs camarades sur le dos des chevaux.

Les cavaliers se mirent peu à peu en ordre. L'un d'entre eux torche à la main attendait. Les signes de la bataille seraient toujours visibles en un tertre dressé fait d'armures, de casques, de boucliers et d'armes étincelantes. Un étendard bleu et or se dressait en centre, à la gloire des hommes courageux de Düranor.

Les orcs subiraient la honte par le feu et bientôt leur corps ne serait plus qu'amas de cendre gris.

Mais au campement, à l'abri des regards indiscrets, un autre corps fut enveloppé et sur un cheval déposé. Fihörn l'œil triste regardait Adanedhel harnacher son ami. L'homme vint à lui, posa une main sur son épaule. Nuls mots ne trouvèrent voix.

Ostran Bonbaril mourut sur le froid glacier.

Adeonïme verset 11

L'esquif nouveau fendit les flots. Bientôt, le port de Kromd'eil était à vue. Syless s'empressa de trouver Ursul Drai'l. Il cherche et il trouva.

Il vit le grand prédicateur Ursul Drai'l qui se tenait sur l'autel de pierre dévoué à Afae'lashal, annonçant la renaissance prochaine du royaume ayant pour ville Hutus Sumthus La Grande. Dans sa vision il dit : « Frappe la terre elle s'ouvrira à toi, souffle l'eau elle s'ouvrira à toi, parle au ciel il viendra à toi ! Afae'lashal l'unique, la reine des reines arrive. Pour elle tu placeras sur l'autel l'offrande du témoignage ».

Syless s'agenouilla et posa à ses pieds le panier d'osier. Ursul Drai'l ajouta.

— Pour toi qui ne possèdes rien, les cieux seront semblables à dix vergers emplis des fruits du soleil, les eaux seront semblables à dix mers emplies des poissons nourrissants. Regarde le miracle que je fais pour toi, regarde ton panier se remplir.

Syless lui baisa les pieds. Ursul Drai'l conclut son sermon.

— Tout cela sera offert à ton fils, au fils de ton fils et à tous tes descendants, seul l'Éternel Afae'lashal peu dans sa grande miséricorde te couvrir de bienfaits et de présents.

Un silence ce fut dans la rue, tout autour le temps s'arrêta. Ursul Drai'l descendit de l'autel, posa ses mains sur les joues de Syless et son front contre le sien.

— Bois, mange les fruits, et repose-toi, demain je te donnerais la parole de la reine des reines, et alors seulement tu sauras où passera ton chemin. Je te confierais également un objet que précieusement tu garderas.

Chapitre 4

La neige cessa. Les échos de la bataille s'étaient tus. Seul le vent mugissait encore sur le flanc des montagnes. Le recueillement régnait en tous hommes. Les chevaux descendaient paisiblement en direction de la vallée verdoyante. Au détour d'un éboulement, elle se dévoila à leurs yeux. Comme à son habitude, elle était calme et profonde.

Les premiers chants des oiseaux envahirent l'air. La verdure des herbes folles remplaçait le névé, et une forêt dissimulait de tous ses arbres la roche grise et froide. L'Izaine coulait sereine au creux son lit, d'un bleu si clair que tous pouvaient en voir le fond, tapissé de galets lisses. Nymphéa blanc et nénuphar jaune se laissaient bercer par l'onde. Les cavaliers traversèrent à gué et regagnèrent la route.

Therroren arrêta son cheval, regardant passer devant lui le cortège. Il attendait Adanedhel et Fihörn.

— Demain, nous arriverons aux portes de Talriel et vous pourrez admirer le château Nebizel. Ensuite viendra le temps des processions funèbres, car nul n'acceptera de fêter une victoire ou tant de bon sang fut versé. Je ferais le nécessaire pour votre ami.

— Nous aurons une dette envers vous, mais je dois vous entretenir d'un fait, la flèche qui ôta la vie d'Ostran Bonbaril venait de Thalyn.

Fihörn observa les hommes tour à tour, choqué par cette révélation. Il sentait un mélange de tristesse et de colère monter en lui.

— Dans la fureur du combat, tout est possible, je vous prie de ne pas lui en tenir rigueur, Thalyn est une âme aimante et douce.

— J'en suis persuadé, il n'est pas dans la nature des elfes de porter atteinte à la vie.

— Et Ostran ? Avez-vous pensé à lui quand la mort fut venue ? demanda Fihörn.

Il avait du mal à cacher son amertume.

— Maître Feuilledethé, dit Adanedhel d'une voix triste. Les chemins qui mènent au trépas sont invisibles. Même les plus grands sages ne peuvent prévoir l'inévitable disparition. La lumière d'Ostran s'est éteinte entourée d'amis, cela devrait consoler votre cœur.

Fihörn se referma sur lui-même le reste du voyage.

À la nuit, trompettes et cors sonnèrent le retour des Héros. La population s'apprêtait à accueillir les hommes de Düranor sous pluie de fleurs multicolores, des écharpes blanches posées sur leur épaule. Les premiers chevaux passèrent la porte, les cavaliers regardaient fixement droit devant eux. Puis vinrent les corps par di-

zaine. Le bruit de la victoire diminua, devenant murmure, devenant silence. La peine se répandit en une vague intense. Les têtes
se baissaient pour ne pas entrevoir le funeste destin. Un chant
monta.

> L'ombre vaste s'étend sur nous,
>
> Portant en Düranor des ténèbres profondes.
>
> Envahissant les tombeaux du monde,
>
> Et tertre brumeux en une ronde.
>
> À sa vue, à terre le priant pose genou.
>
> Car le temps est venu pour les vaillants,
>
> De dormirent en des songes innocents,
>
> Où sonnent cors et trompettes d'argent.
>
> Nul n'oubliera valeureux guerrier,
>
> Quand ils passeront la porte des morts,
>
> Des histoires seront contées,
>
> Et ses chants entonnés,
>
> Pour que vive à tout jamais,
>
> Ceux qui se sont sacrifiés.

Adanedhel, Fihörn et Thalyn, poussèrent leurs chevaux dans
une ruelle, proche d'une auberge qui portait nom de Rose triste. Ils
entrèrent pour s'asseoir à une table fabriquée en un bois clair. La
vaste salle, bien éclairée, reflétait un raffinement certain. Dorure et

marbre dessinaient sur les murs et le plafond des décors riches aux motifs géométriques. L'aubergiste jouffllue, point atteint par la peine ambiante, leur proposa plateau de chèvre et ambroisie aux odeurs vives. Personne ne tenait conseil, le mal triste liait leur langue. Thalyn se décida à prendre la parole.

— Maître Adanedhel, Maître Fihörn, pourrez-vous me pardonner la mort de votre ami ?

— Vous saviez donc que cette flèche qui transperça Ostran était la vôtre ?

— Je n'ai pas eu de doute en le touchant, depuis je prie pour lui, dit Thalyn tristement.

— Connaissant votre peuple, je sais ô combien votre peine peut-être immense, partagez-la avec Fihörn il ne vous comprendra que mieux.

Elle posa sa main sur celle de Feuilledethé qui eut un mouvement de dégout. L'elfe ouvrit son âme et la laissa pénétrer en l'Halfelin. Fihörn fut envahie par une mélancolie bien plus grande que tout son cœur ne pouvait supporter. Son regard se fixa dans celui de Thalyn, et il perdit pied.

À l'aube naissante, tous se rendirent dans les ruines d'un ancien temple ouvert sur le ciel. Seuls l'imposant portail et le mur est furent conservés et dans le haut de la maçonnerie les restes de vieux vitraux. Les minces rayons du soleil se coloraient des teintes verte et rouge en passant par le verre teinté. Délicatement, le corps d'Ostran trouva place sur un autel improvisé, recouvert d'une cape bleu et or. Son visage respirait la quiétude, il semblait dormir par ses yeux clos. Un homme entra derrière eux, s'engagea sur le sol de pierre lisse, portant un ancien étendard Halfelin. De sa marche lente il marquait le temps, et se posta tête basse à côté de l'autel. Deux autres vinrent avec de l'huile et de l'encens qui dégagerait bientôt une fumée au parfum de sauge. Chacun se recueillait devant la dépouille quand Adanedhel prit la parole, Fihörn l'en priait, car son cœur lourd l'empêchait de prononcer mot. La voix fut grave et pénétrante.

À la fin du trajet, tous se retrouvent ici,
Enveloppés de couleur nuit,
T'emmenant en ta dernière demeure,
Faite de lumière d'ambre et de chaleur.
Je ne dirai pas qu'à nouveau
Le jour se meurt en peine,
Mais nous te faisons nos adieux
À toi Ostran Bonbaril.

Thalyn était restée à distance, loin de l'assemblée ainsi formée. C'est Feuilledethé qui se leva pour la convier au recueillement et qui lui dit à voix basse.

— J'ai pardonné.

Adeonïme verset 12

Syless vint le lendemain avec Calaia'thilon et l'enfant pour entendre la parole d'Afae'lashal. Leete les accompagnait. Le prédicateur Ursul Drai'l se tenait les bras levés face à l'aurore. Il dit.

— Voici l'homme qui luttera contre les ténèbres qui recouvrent la terre, voici l'homme qui luttera contre le malheur qui s'insinue dans le cœur des hommes si facilement corruptible ! Voici la femme qui donna naissance à l'enfant, voici la femme qui offrit son ventre pour le miracle ! Voici l'enfant qui guidera le monde vers la résurrection, voici l'enfant qui engendrera mille rois après sa mort ! La prophétie d'Afae'lashal vient par ma bouche, bientôt vous partirez, vers l'est, en Uruk terre des orques vous quitterez les eaux. Par la route de Craklash, vous vous rendrez par nécessité au bastion de Lugdush dans les contreforts de Cogne-terre. Mais attention la route s'enfonce dans l'obscure Crevasse d'Ugûrz, son air vous fera perdre la raison et les couleurs de la vie. Mais près de vous je serais toujours. Recevez également la Lame de Sacrifice, car dans une lune je vous demanderais de me donner ce que vous chérissez le plus, ainsi est ma parole, ainsi est mon choix. Maintenant, prends le navire que je t'offrais sur l'ile morte et quitte cette ville.

Le prédicateur Ursul Drai'l lui confia Duath, courte dague fine et tranchante, puis mourra sur le coup, s'écroulant de tout son être. Leete dit.

— Afae'lashal accueille ton enfant, car son temps ici-bas est terminé. Nous prierons pour lui !

Chapitre 5

La vie s'écoula paisiblement dans les terres de Düranor pendant près d'une lune. Mais parfois les mages font mauvais corbeau. Et celui d'Estian n'échappait pas à l'adage.

Therroren assis dans l'herbe fraîche, adossé à un arbre, livre à la main, eut cette étrange impression d'être observé. Il se redressa un court instant pour apprécier la situation, mais nul ne se présentait à lui, et pourtant la sensation perdurait.

— Qui est là ? demanda-t-il dans un son de gorge se voulant dur et ferme.

Le mage d'Estian à capuchon lui apparut dans sa magie.

— Vous voici donc ! dit Therroren, démasquez votre tête que je puisse voir vos yeux !

— Héritier de Düranor, nul n'a vu mon visage depuis les temps anciens, et cette règle vous devrez respecter ! Je viens à vous pour de mauvaises nouvelles.

— Le vil vient-il encore frapper nos terres et nos corps ?

— Si vous entendez par vil, votre propre entourage, alors oui il frappera très bientôt !

— Expliquez-vous ! implora presque Therroren qui ne pouvait cacher son inquiétude.

— Idsaus le malingre entrera en scène à l'aube, car les jours du roi se sont tous écoulés et vous êtes en danger. Après la mort du dernier de la lignée, il se couronnera lui-même. Düranor deviendra feu, la lumière du château de Nebizel s'éteindra pour des siècles, la mémoire de votre peuple effacée. Ce mauvais homme passe en secret des pactes avec Hugarth.

— Mon épée lui pénétrera dans la gorge, il payera…

— Si vous le tuez de votre main, vous sombrerez à tout jamais, nul ne portera confiance en un seigneur assassin. Quitter la cité est le seul conseil que je puisse vous donner. Laissez-moi m'occuper d'Idsaus et préparer la succession. Ordonnez un départ pour Wooden Town dès aujourd'hui, vous lui couperez l'herbe sous le pied.

Le mage d'Estian disparu. Therroren expira fortement, se leva et se dirigea vers la salle du trône.

La cour était au complet attendant la mort du vieux roi. Il respirait avec difficulté. Le malingre assis sur une chaise se tenait tout à côté. Therroren dut faire grand effort pour garder son sang-froid.

— Père, mon père, une nouvelle est venue à moi, pour Wooden Town je dois partir.

Sinual n'eut nulle réaction, son corps s'éteignait peu à peu.

— Il ne vous entend plus, dit Idsaus presque satisfait. Bientôt son âme rejoindre le temple de vos aïeux.

Therroren regarda la foule, et de sa voix grave, il annonça à tous ce que le mage lui révélait.

— Par mon honneur, et refusant de taire les mots de la trahison, je vais ici vous dévoilez ce qui est vérité. Idsaus n'a qu'un seul dessin prendre la place sur le trône bleu.

De l'assembler monta des bruits confus, la révolte grondait. Il ajouta.

— Mon père, votre roi, n'est plus en mesure d'occuper la couronne, alors je propose de transformer le pouvoir.

Le bruit devint un grondement inaudible.

— Écoutez-moi, insista Therroren, je préfère abdiquer, et confier les clés de Düranor à des esprits avertis qui seront plus à même de gouverner.

La foule se tue. Des applaudissements éclatèrent de plus en plus fort. Il se retourna vers Idsaus.

— Et quant à vous, disparaissez de ma vue !

Le malingre se retira emportant son venin entre ses dents, une porte claqua derrière une tenture.

Le soir venu, comme le mage l'avait dit, le roi Sinual quitta le royaume des vivants et s'engagea sur le chemin de la mort. Adanedhel, Fihörn et Thalyn l'accompagnaient dans la peine. Toute la nuit, ils veillèrent le défunt dans le tombeau des ancêtres. La dernière demeure du roi était sombre. Des torches en éclairaient les passages voûtés faisant danser des ombres fantomatiques sur les murs. Creusé dans la dunite, riche en olivine, la roche semblait comme couverte d'une couche de mousse. Dans le granit fut taillé un sarcophage imposant et déposé dans le plus grand des caveaux. En guise d'ornements, d'habiles mains sculptaient, hommes nus à longue barbe, lions et biches, grappes de raisin et autres fruits. Des drapés noirs et or, fixés au mur, flottaient dans un petit courant d'air froid.

Au premier chant du coq, une ombre silencieuse se glissa dans les sombres couloirs. Il déboucha dans la pièce, où tous dormaient.

— Que votre sommeil s'alourdisse, dit la une voix.

Une lame refléta la lumière des torches et s'approchait de la gorge de Therroren.

Au ras du sol, une brume blanche presque translucide entra rapidement dans le caveau et s'éleva en volute.

Le poignard s'abattait quand une force retint son bras. Un fantôme tourbillonnant. L'intrus se retrouva projeté à terre. Son capuchon retiré et son sort invisible brisé.

— Idsaus, vil serpent tu ne peux plus te cacher parmi les ténèbres, dit le mage qui se matérialisait en un corps de brouillard blanc.

Le malingre se saisit alors de la dague tombée près de lui et se jeta sur la fumée, mais la lame ne trouva point de chaire.

166

— Tu ne tueras pas Therroren, pas plus que moi ! Laisse-moi te montrer ton avenir !

La brume entoura Idsaus, incapable de bouger tant son étreinte était forte. Le mage lui donna les visions du futur, terre brulée, orques rongeant les os, château en feu, corps pourrissant dans une plaine ravagée.

— Est-ce là le dessin que tu souhaitais mettre en œuvre ?

Idsaus ne répondit pas.

— N'étant pas de nature belliqueuse, je vais te renvoyer chez ton maître.

L'enchanteur prononça quelques mots et tous deux disparaissaient dans un éclair éblouissant. Seules de minuscules poussières lumineuses restèrent dans l'air, le tonnerre résonna dans les catacombes, réveillant ceux qui y dormaient.

Ils regagnèrent le monde des vivants, brillant comme l'argent. Les bruits de la nature égayaient la cité en deuil.

— Therroren, quelque chose me pousse à vous accompagner, je ne saurais l'expliquer dit Adanedhel

Fihörn et Thalyn exprimèrent le même sentiment.

— Nous voilà quatre compagnons en route pour Wooden Town, mais pour tout confesser, je ne sais par où commencer !

— Laissons le destin guider nos pas, dit Thalyn.

Les chevaux furent sellés. Ils passèrent la grande porte de la cité de Talriel et s'engagèrent sur un chemin qui serpentait jusqu'à perte de vu. Des mirages de chaleur vibraient sur le sol rocailleux, les longues herbes des prairies dodelinaient dans une brise légère venant de l'ouest. Bientôt le sentier se sépara en deux. Les montures prirent naturellement la direction de l'est sans que les hommes n'aient à agir sur les brides, abandonnant derrière eux le château de Nebizel.

Chroniques de :

Adanedhel de Thovarin

Chapitre 1

Il vit le jour dans une région éloignée. Tous le connaissent sous le titre que les hauts elfes lui accordèrent, quand, orphelin il fut recueilli alors qu'il n'était qu'un enfant de cinq ans. Adanedhel signifiait en langue commune homme-elfe. Durant dix années, il vécut parmi eux, apprenant leurs us et coutumes, protégeant la vie, apprenant le respect de toutes les faiblesses, fidèle à la parole donnée, et sans relâche, il devra de défendre le bien contre l'injustice et le mal.

Au début de sa seizième année, il partit en quête d'aventure, armé de pied en cap par ses hôtes comme il sied à un chevalier ! Prenant par les chemins du sud, le sentier serait plein de ronce et d'épine, mais sa quête intérieure, celle de retrouver défunts aïeux, le porterait sans fin plus avant. Non sans peine, il suivit cette voie pour recouvrer son héritage.

Les circonstances de sa première rencontre avec celui qui se fait appeler le mage d'Estian lui restaient en mémoire. Il marchait depuis de longs jours dans une épaisse forêt dont le nom lui était inconnu. Adanedhel sut à la fin qu'elle se nommait Brocé'lian. Est-ce le hasard qui conduisit ses pas en cet endroit, jamais il n'obtint la réponse. Arrivée à la lisière du bois, une lande s'étendait sur cent lieues au moins. Un château en ruines, plus large que haut, dessinait sa forme sombre sur le ciel laiteux. Il orientait sa course en cette direction, quant à quelque distance, un bruit de tonnerre se fit entendre. Se rapprochant, il vit une énorme brèche dans le mur d'enceinte ainsi qu'un fossé large et profond qui entourait la bâtisse. Un pont de bois pourri l'enjambait, et sur ce dernier un homme à capuchon s'employait à combattre un être gros et fort. Un troll des cavernes. Il pressa encore le pas pour apporter une aide. Les planches grincèrent sous ses pieds. Gwenzaa'l sortit de son fourreau et en porta un heurt fatal faisant basculer l'animal dans le trou en dessous.

— Béni soit le chemin qui conduisit vos pas ! dit le mage à bout de souffle. Si vous ne craignez pas la mort, suivez-moi !

Ils entrèrent par la porte dans une cour carrée, tout n'était qu'amas de pierres fendues, de bois vermoulus et de fers tordus et rouillés. L'enchanteur traça un cercle autour d'eux et frappa cinq coups de son bâton de caroube. Des fumerolles montèrent du sol. Spectres vitreux et autres fantômes verdâtres se levaient, les entourant dans une ronde. Vint alors une jeune fille vêtue de brume, svelte et de taille élancée. Adanedhel fut surpris de voir ainsi pareil être en ce lieu hanté. Elle s'avança vers eux et pénétra le cercle. D'un coup son corps mort revint à la vie et prit parole.

— Ne soyez pas déconvenue par mon apparence, je ne revêts pas le mal en moi, je suis enfermée dans ce long rêve qu'est la mort sans sépulcre.

Elle s'exprimait par-delà les limbes, en une voix d'un tel charme et d'une telle distinction que l'homme-elfe voulut la serrer en ses bras pour la réconforter. Mais le mage s'opposa.

— Elle fut, mais elle n'est plus ! Prenez garde de n'être attiré vers la mort séduisante. Nous devons la libérer.

Mais le cœur Adanedhel, même aguerri, éprouvait des sentiments. À contrecœur, il obéit et n'en fit rien. De toute sa grâce, elle recula pour disparaitre. Alors monta un grondement du centre de la terre fort intrigant. Le sol s'ouvrit à quelques distances laissant apparaitre une série de marche menant vers les froides geôles d'un donjon perdu.

— Au fond de ce trou, au plus profond des ténèbres, elle repose. Mais avant de mettre ta vaillance à l'épreuve, il te faudra prendre à cette fontaine un peu d'eau consacrée, mais l'héroïsme ne suffit pas à en faire couler la goutte.

— Par quel moyen pourrais-je nourrir la pierre si le ruisseau est tari ? demanda Adanedhel d'un ton surpris.

— La clé se trouve en ton cœur !

Le mage brisa le cercle.

La fontaine à tête de lion, abritée sous des arbres centenaires, où nulle feuille ne l'ombrageait depuis de trop nombreuses saisons, était aride. Pourtant la mousse envahissait la pierre, mais rien ne poussait alentour. Adanedhel s'assit sur le rebord pour réfléchir. Il concentra son esprit en appelant le pouvoir elfe de l'eau, mais aucune source ne jaillit. À la pensée que cette jeune fille ne reposerait jamais en tombeau fleuri serrait son cœur. Une larme pure roula sur sa joue et tomba sur le marbre. Alors une tempête se leva jetant pêle-mêle neige et grêle et faisant sortir du bois tous ceux qui s'y cachaient. Sangliers, biches, loups fuirent le vent et les éclairs qui déchiraient les yeux. La pluie du ciel succéda à la foudre se transformant en un déluge remplissant le bassin en un instant, le faisant déborder. La tempête s'apaisa. Le mage vint pour en emplir une fiole cristalline.

Sans immense frayeur, l'homme et le mage s'engagèrent sur les marches. Une porte à gonds noirs s'ouvrit devant eux. Un passage obscur et tortueux descendait en pente douce vers la profonde noirceur. L'enchanteur, d'un mot, ordonna à la lumière. Le couloir débouchait dans une chambre circulaire. L'alcôve à lourds barreaux d'aciers était percée en son mur de petites cellules. Une voix s'éleva.

— Vous m'outragez par votre présence ! Donnez-moi un motif de querelle que je réclame mon droit à vous faire la guerre ! Vous entrez en mon bastion, sans que je n'eusse parole à opposer ! Pourtant muraille et fossé auraient dû vous tenir éloigné !

Apparu alors chevalier à noire armure portant épée et écu. Sous son casque un crâne blanc aux orbites creuses et vides.

— Vous hantez encore votre citadelle alors que bien des siècles se sont écoulés, regagnez la tombe sans que nul n'est à se battre !

Le mage lui frappa la tête du bout de son bâton, la cuirasse se vida et s'écroula avec fracas.

Adanedhel fouilla l'endroit pour découvrir au fond d'une cellule humide, un squelette aux os blanc et vert. La jeune fille.

— Vous trouvez ici mon corps.

Elle sortit du mur et vint s'asseoir tout à côté du cadavre décharné. Et ajouta.

— Enfermée par un prétendant jaloux pour garder à lui toute ma beauté. Mais son cœur s'en est épris d'une autre que moi, et ici oubliée j'ai fini par trépasser.

— Pour vous sauver, nous sommes venus et avons triomphé de l'énigme de l'eau et du noir chevalier, dit le mage satisfait. Mais à la vérité, de vos souvenirs nous avons grand besoin. Vous voyez cet homme, il n'a pas mémoire de père et mère, et vous savez cependant qui il est.

Adanedhel resta surpris, car rien n'avait prédit que l'enchanteur connaissait sa vie. La jeune fille le regardait fixement.

— Son visage je ne m'en souviens point, car d'enfant à homme tous changent. Pourtant ses yeux portent une lumière qui ne m'est pas indifférente.

— Tant de siècles vous séparent, et tant de liens vous unissent. Il fut un amour caché.

— Oublié est son nom, oublié est son visage, le temps a fait son œuvre. Mais du nord il fut venu enfant à travers la montagne à tour de bois, passant rivière forte dans val boisé. À présent libérez-moi, que je repose enfin.

Le mage versa l'eau sur le squelette et l'emporta pour le mettre en terre. La jeune fille accompagna la procession funèbre. Dans un carré d'herbe, en trou creusé, les os furent déposés. Elle s'allongea tout près d'eux. Il dit.

— Bientôt vous serez à nouveau, car rien ne finit et tout renaît, bientôt vous vous retrouverez.

Adanedhel à genoux la regardait s'évanouir.

Ils quittèrent le château au milieu de la lande, qui peu à peu disparut. L'homme-elfe ne posa nulle question au mage, il regardait droit devant lui perdu dans ses pensées.

— Le destin vous a conduit ici et cela est une bonne chose ! Je vais vous aider dans votre quête de mémoire cela prendra du temps, mais fiez-vous à moi. Rendons-nous en ville de Doï, là-bas réside un homme qui vous confira son bien le plus précieux. Deux lunes seront nécessaires avant de le rencontrer.

Adanedhel acquiesça avec un large sourire.

Adeonïme verset 13

Le voyage fut paisible jusqu'en terre des orques. Uruk se dévoilait en une vallée rouge comme le sang. L'esquif abandonné au vent ne tarda à être emporté par le fond. Syless s'empressa de quérir échoppe pour acheter un âne de gorlay. Sur une place, devant un temple grand par la taille une assemblée de marchands tenait marché.

— Syless est mon nom, par nécessité nous nous rendons au bastion de Lugdush dans les contreforts de Cogne-terre, et pour ce faire un âne de gorlay ferait une bien belle affaire.

— Shag, je me nomme, roi des marchands en cette terre ocre, dix talents d'argent feraient une bonne affaire.

— Afae'lashal nous conduisit à Uruk, elle est notre protectrice et notre guide. Voici l'enfant, inclinez devant lui et laissez son chemin sans embuche !

Shag ne bougea pas et ne répondit pas. Ignorant les paroles. Syless insista.

— Ne voyiez-vous pas la faiblesse de Calaia'thilon ma femme

Shag ne bougea pas et ne répondit pas.

Leete entra en fureur. Il se précipita au milieu de la foule, renversant table et chaise dans la plus grande des rages, dénonçant avec force le comportement des marchands et leur offense envers Afae'lashal.

— Ici, devant son temple, vous négociez et traitez, la honte devait vous accablez ! Donnez-moi un âne et j'épargnerais vos vies !

Tirant sur la bride, il forçait l'animal à suivre un chemin escarpé fait de pierrailles et de buissons d'épine. Au loin, les contreforts de Cogne-terre se dessinaient déjà dans l'étouffante chaleur.

Chapitre 2

Existait en terre de Salt, en ville de Doï, un très vieux soldat qui demeurait avec sa femme et des deux enfants dans une pauvre maisonnette en briques de boue sèche et toit de chaume, qu'il avait bâtie tout contre un chêne, le dernier de la forêt, là où finit la vallée des étangs au bord de la mer. Ils n'étaient point riches, car ils n'avaient pour vivre que le trésor que le soldat ramenait d'une campagne loin dans le nord. Sa femme soucieuse le regardait toujours d'un mauvais œil et n'osait toucher le moindre des ors. Le petit garçon et la petite fille n'étant pas assez grands pour travailler passaient tout le jour à jouer dans la cour.

Un jour pourtant, le petit d'homme s'en allant seul vers la mer, aperçu toute voile dehors un esquif qui bientôt aborderait la rive. Le vent doux chantait dans les haubans, sa coque dansait sur les flots sur une eau si brillante que les yeux en étaient éblouis. Le bois toucha le sable et deux hommes sautèrent par-dessus le bastingage. Prit de panique l'enfant couru ben vite retrouver son père.

— Papa ! lui dit-il, il vient deux hommes, dont un, avec épée.

— Ce n'est rien dit l'homme, je vais aller à leur rencontre, derrière moi ferme la porte.

Mais l'homme n'était pas crédule, la venue d'homme en arme ne présageait tien de bon. Il se pressa de venir à leur rencontre munie de sa vieille épée. Dans le lointain, des voix s'élevaient sur le chemin, mais nulle agressivité dans leur mot. Deux silhouettes apparurent en contrebas. L'un portant capuchon et robe grise, l'autre une tenue héritée des elfes. Tous se retrouvèrent nez à nez. Le mage d'Estian le salua en se penchant en avant en signe de profond respect. Adanedhel en fit tout autant en posant la main sur le pommeau de son arme.

— Bonjour ! dit le mage.

— Bien le bonjour à vous, messieurs, veuillez pardonner mon étonnement de voir deux hommes venir en mon logis !

— Certes, nous comprenons votre surprise, mais la nécessite nous poussait vers vous depuis deux lunes.

— la nécessité ?

— Je voudrais vous entretenir d'ancienne histoire des terres du nord. Quand vous étiez encore fort vaillant, mais laissez-moi vous dire ceci.

Emen demeurait en ville de Doï,

Quand la guerre s'annonça

Il prit arme et carquois,

Partit au nord et s'engagea.

Durant son voyage il trouva,

Un enfant perdu peut-être un roi,

Qu'il protégea de la faim et du froid,

Aux elfes le garçon confia.

Un jour la guerre prit fin,

Et chez lui il revint,

Sans la gloire, mais en guerrier,

Avec lourd panier d'osier.

Il ramena souvenir d'autrui,

Qu'il cacha dans mur construit,

Attendant jour et nuit,

Que l'enfant s'adresse à lui.

— Mais d'enfant il y en avait deux ! répondit Emen tristement. Et des deux j'ai recueilli le plus jeune.

Il tomba à genoux et implora le pardon, le mage vint à lui et l'aida à se relever.

— Tout ceci je ne l'ignorais pas, mais qu'est devenu le second garçon ?

— Je ne le sais, d'ailleurs personne ne pourrait en parler, car tous sont morts et de cette histoire je suis le dernier à en connaître la vérité.

— Avez-vous toujours l'objet que vous rapportiez de votre épopée nordique ?

Ils entrèrent tous trois dans la maisonnette, de son épée Emen fendit le mur. Enveloppé dans un morceau de lin usé se cachait deux couronnes. Il les donna à l'enchanteur, sous les yeux de sa femme enfin soulagée. Et il demanda d'une faible voix.

— Savez-vous ce qu'ils sont devenus ?

— Voici l'enfant que vous avez secouru !

Emen pleura et pleura encore, Adanedhel vint et le serra dans ses bras et lui dit à l'oreille.

— Veuillez accepter ma gratitude.

— Et avez-vous eu ouï-dire son nom ? insista le mage.

— Nullement, mais aujourd'hui ce royaume est mort, Nord'élia a réduit la voix de ce peuple au silence, il ne reste qu'une poignée d'homme tous errant.

Ils prirent congé et entrèrent en Doï. La ville de pierre et de bois s'inspirait d'une architecture digne des anciennes peuplades des mers froides. Maisons basses et enterrées aux toitures de chaume, se répartissaient autour d'une bâtisse blanche qui abritait le siège du pouvoir local. Le dernier jarl, héritier des traditions nordiques, régnait en un bon sens qui lui était connu. Le soir s'invitait, de son ciel nocturne. La ruelle désertée de toute agitation semblait morte, seuls quelques chiens erraient dans la boue, qui bien vite disparurent, car un cri déchira la nuit. Pas un aboiement, gémissement ou un jappement, pas même la caquette du renard à l'orée du bois. Le hurlement reprit bien plus près. Une porte s'ouvrit à quelque pas. Un homme fort petit apparu dans l'embrasure, tison à la main. Son ombre se projetait jusqu'à leur pied. Voix chevrotante il dit.

— Venez en mon logis, cette nuit la bête est lâchée et vous ne verrez pas le jour se lever.

La longère au sol de terre battue s'emplissait de la douce chaleur d'un bon feu. Un morceau de viande y cuisait. Sur la table, un pichet d'hydromel trônait en bonne place. Les verres se remplirent sans que mots ne fussent échangés. Le nain les invita à prendre repos près de l'âtre. Voici ce qu'il leur conta.

« Un seigneur fainéant avait six fils, qui étaient si paresseux, qu'ils refusaient de faire métier pour la grandeur de leur blason. Un jour, leur père leur dit d'aller voyager et de revenir au château dans un an et un jour et leur offrit à chacun un présent royal.

Heureux d'avoir obtenu un objet précieux, ils partirent et prirent tous des routes différentes.

Au bout de l'année, un seul revint à son père, et des six il en était le moins vaillant et le moins intelligent. Devant son père hommage, il présenta, déposant à ces pieds tous les objets précieux. Il expliqua comment par le meurtre et le mensonge il les obtint.

Ce dernier, de chagrin de revoir pareil fils monta en haute tour et se jeta dans le vide en hurlant son malheur. Depuis lors toutes les nuits, il revient ici pour hanter les descendants de ce fils corrompu. La morale de l'histoire est que, vous ne devez pas espérer plus de vos enfants que de vous-même, prenez des décisions en ce qui les concerne vous évitera de souffrir par la suite ».

— Nalbir Poing-de-fer de la cité d'Éthélia voilà mon nom ! dit-il d'une voix forte et enjouée. Le hurlement que vous avez entendu est celui de ce roi fantôme qui hante encore Doï. Ici vous êtes chez vous, dormez et prenez repos

— Nous vous remercions de votre accueil, mon nom ne vous dirait rien, mais tous m'appellent le mage d'Estian, et voici Ada-nedhel. Mais que fait un nain de la cité d'Éthélia si loin de sa terre ?

— Un contrat pour chasser ce spectre maudit ! Après deux lunes pleines et des incantations sans effets, je m'apprêtais à rentrer abandonnant de ce fait une bonne poignée d'or !

— La magie n'aura nul effet sur cet être malin, car il n'est pas une forme spectrale.

L'enchanteur prit un instant pour réfléchir et ajouta.

— Il est une abomination de Nord'élia, descendu très loin vers le sud, il cherche quelque chose ou quelqu'un, et je pense avoir la réponse ici avec moi.

Il sortit les deux couronnes de son sac.

— Par ma barbe ! dit le nain, en voici pareils objets ! Bientôt les héritiers seront de retour dans la cité d'opale et votre prophétie s'accomplira.

Adanedhel se redressa surpris par cette révélation, il n'eut le temps de prononcer mots, le mage dressait la main.

— Cet être abject a anticipé notre venu en ce lieu, il n'a pas de maître et pourtant il aboie au fouet, dans mes visions ce vil ne représente qu'un instrument du mal. Dans de très nombreuses lunes, j'enverrais votre fils Malbür chasser une créature dans les Terres froides, car d'un démon nous avons grand besoin.

Adanedhel, allongé sur une paillasse ne trouvait guère le sommeil. Le hasard de cette rencontre qui ne l'était peut-être pas, lui laissait un trop grand nombre de questions, auxquelles il faudrait des réponses. Ses yeux se fermèrent et l'aube vint. Quittant Nalbir Poing-de-fer et la ville de Doï, ils prirent la direction du sud avec la bête à leur trousse.

Adeonïme verset 14

Ils firent halte à l'entrée de l'obscure Crevasse d'Ugûrz. Le vent entre les falaises portait air nauséabond. Syless dressa la tente en toile de chanvre. Calaia'thilon et l'enfant prirent place à même le sol rude. Leete priait à genoux face au couchant. La soif il y avait dans ce désert. Et l'enfant se mit à pleurer. Leete amena une cruche, cadeau d'Afae'lashal la reine des reines.

Grande quantité de larmes emplirent la cruche, tout étancherait leur soif. Le panier d'osier mille fois béni déborda de victuaille. Dans leur empressement à garder la vie, ils ne ouïrent pas l'étranger qui se présentait à eux. Un homme, d'une si grande laideur qu'il faisait offense à Adanedhel elle-même. Bossu, son corps n'était que déformation et pustuleuses plaies.

Syless sortit. Par tradition, il lui proposa de s'asseoir, Calaia'thilon éprise de charité lui lava les pieds avec les larmes de l'enfant. Un miracle. Il changea. D'un laid visage naissait une belle personne. Derrière le masque des apparences vivait un elfe bon et généreux auquel malédiction fut jeté.

Leete reconnut un autre que lui et vint le saluer.

— Ast'hi, vous aviez disparu ! Quel miracle de vous rencontrer ici ? Qu'Afae'lashal soit louée !

— Elle me bannit voici des siècles quand par ce chemin je refusais de m'aventurer avec un homme, une femme, un enfant et un animal. Je ne prie plus la reine des reines, car en moi j'ai perdu la foi qui m'animait autrefois.

Syless prit la parole, impatient.

— Vous connaissez donc le chemin ?

— Il n'est que mort et que peur, rien ne vit dans cette crevasse sauf les horreurs que vous emporterez avec vous. Méfiez-vous de la croisée des chemins !

Sans demander son reste, il prit les jambes à son cou.

Chapitre 3

À dix lieues au moins au sud de Doï, s'élevaient les Monts de Sax en rochers gris, roses ou bruns aux formes fantastiques, dominant une terre âpre aux herbes pâle, embellie par des touffes de fougères et par la verdure sombre des sapins. Entre ses monts, dans le creux du vallon, le Lac Gondolween se dévoilait.

Comme miroir posé il reflétait les aspects changeants du ciel. Sur sa rive existait le Village de Bryt, regroupant quelques maisons de pêcheur. Des ruines sans nom, reste d'un vieux moulin se réfléchissait sur l'onde calme. La nature chantait, le soleil brillait, tout sentait la quiétude. Sauf que le mal ici venu, vidait les cabanes de ses habitants depuis peu. Pourtant un son mélodieux montait dans l'air en une farandole conduite par un être mystérieux. Un diable. Pied fourche et langue piquante n'étaient que quelques un de ses attributs. L'épaisse fourrure noire de ses pattes de bouc contrastait avec son torse nu. Ses cornes tordues s'enroulaient sur le haut.

Adanedhel et le mage d'Estian s'approchèrent sans menace. Des yeux sombres posés sur eux et d'autres les observaient, cachés. D'un signe de la main, le diable leur pria de venir à lui.

— Et voici deux voyageurs qui s'avancent ! Pourquoi me visiter, vous aux noms inconnus en un si beau jour, où je décidais le matin même de sonner jusqu'au couchant ?

— Voici Adanedhel, et vous me connaissez sous le nom de mage d'Estian, nous ne voulions nullement troubler votre musique.

— Ma musique vous dérangiez par votre présence, mais pour vous un nouvel air vient à mes doigts et en ma bouche. Pour tout vous dire, je me nomme Lokkti.

Il place la flûte entre ses lèvres, une mélodie entraînante fit sortir de leur cachette fées bleues et blanches lumineuses et lutins de vert vêtu faisant cercle autour du diable.

Mage d'Estian et Adanedhel voyageant,
Vinrent à Bryt sur pied bondissant,
Rencontrer Lokkti le diable chantant,
Au milieu d'un cercle dansant.

Adanedhel quête trouvera,
En val de Sourn il se rendra,
Le mage d'Estian chemin fera,
Vers belle citée d'Ethélia.

Car bientôt d'Ardaên ils descendront,

Orcs formant bataillons,

Sous bannière d'Hugarth ainsi nommé,

Pour faire la guerre et dévasté.

Lokkti diable riant,

Attendra sous les lunes couchantes,

Pour voir se réaliser en un printemps,

La prophétie ainsi dormante.

La flute mélodique n'arrêtait plus de virevolter en des notes enchantées. Puis en colonne ils se rangèrent derrière le diable sonneur. Vers le lac, tous se dirigèrent pour entrer en son eau limpide regagnant ainsi leur monde invisible.

— La guerre ? s'interrogea le mage. Inquiétante révélation que celle-là !

— Il a parlé des lunes, donc nous avons encore du temps pour contrer les orques, si toutefois cette prophétie n'est pas une histoire pour enfants.

— Je ne peux lire les dessins de l'ennemi, car dans l'obscurité il se cache. Mon don de voyance s'arrête aux frontières de Nor-d'élia. Au fond du vallon il existe un sanctuaire où trône une Statue de Lot'ro, rendons visite aux prieurs pour trouver des réponses.

Une haute sculpture de calcaire dressait son ombre au milieu d'un jardin. Il était avant tout un voyage spirituel. Parmi les orchidées, les ficus et autres broméliacées, chacun se devait de percevoir en lui-même la paix intérieure. À l'ombre des pins aux essences enivrantes, des moines se concentraient sur le point fondateur de l'univers.

Ici le vent s'est endormi,
Tous s'en vont en rêverie,
Dans la brume et dans la pluie,
Dans ce jardin fleuri.

Un oiseau bleu ouvre ses ailes,
Volant d'un arbre vers les airelles,
Petit soleil vermeil,
Dans ce jardin qui nous égaye.

La salle consacrée s'ouvrait sur un patio aux confidences jamais parlées. Le silence comme le soleil pénétrait par le toit vide, seul moineau et pie piaillaient. Une étrange douceur enveloppait les lieux de ses soies invisibles. Le mage d'Estian prit place sur banc de bois et médita un long moment. Adanedhel, fatigué s'abandonna au sommeil. Une longue barbe grise vint par chemin au gravier blanc. Nu-pied et toge brune l'habillait. À son front, un diadème argenté brillait tel l'astre ardent. De sa gorge une voix douce se fit entendre en se baissant par respect.

— Mage d'Estian, avec grand plaisir et profonde humilité, nous vous accueillons en ce havre de connaissances et de repos. Vos armes vous laisserez, car par notre culte nous refusons violence et guerre. Ne tentez pas de réveiller votre compagnon, ici il trouvera suffisamment de sérénité pour faire lumière en lui. Accompagnez-moi vers la bibliothèque, car c'est pour cela que vous venez à nous.

Ils entrèrent dans un petit vestibule dont l'unique porte ouvrait sur une collection de parchemins anciens.

— Dans cette sale vous obtiendrez des réponses et de nouvelles questions. Nul en terre de Salt ne sait mieux que vous ce qu'il adviendra, mais certaines choses vous restent cachées malgré votre don de clairvoyance. Vous cherchez qui est Adanedhel, mais au fond de votre cœur vous le savez déjà.

— Le second des héritiers…

— Il l'est ! Mais que sait-il de son royaume, de son frère et de leur père ?

— Rien assurément. Les elfes se sont bien gardés de lui en faire part, sans doute par crainte que pareille révélation le conduise à lui.

— Leur choix bon ou mauvais peut décider du destin de tous, l'avenir répondre à cette question.

Un gong sonna, le moine prit congé.

Le mage, à la lumière d'une bougie, cherchait dans les piles de manuscrits couverts de poussière du temps. Sa main fut heureuse de découvrir le récit d'un certain Turnuroth Baradad capitaine des gardes en Nord'élia. À moitié effacé, il ne laissait entrevoir que quelques bribes d'un texte écrit à la hâte.

« Premier millénaire an 2, voici mes pensées.

… à l'origine, il passait pacte avec les créateurs, car il convoitait la vie éternelle pour lui seul. Pour arriver à ses fins, il prêta faux serments. Tous ses actes ne devaient servir que sa grandeur. Et il porta la guerre. Les dieux en colère, dans un souci de pure équité, bénir tous les vivants en des vies extrêmement longues…

… la destruction et la mort gagnaient le nord, quand pour des raisons inconnues, je décidais de sauver ses enfants, espérant peut-être qu'un jour nous serions libérés du feu et des flammes… »

Adeonïme verset 15

Par un sentier descendant et fort abrupt, Syless avec femme et enfant entre dans le long défilé. Leete partit plus avant. L'air suffocant sentait le soufre de l'enfer. La chaleur accablante devenait harassante. Peu à peu la lumière du jour disparaissait au-dessus d'eux, n'étant plus qu'une ligne qui suivait la faille à son point le plus haut.

— Quel rejeton de l'enfer vit ici ? demanda Calaia'thilon.

— Je ne sais pas, dit Leete, la Crevasse d'Ugûrz est un endroit perdu, où toute croyance est inutile.

Syless tira sur la bride de l'âne. Il prit un instant pour reposer son corps meurtri.

— Que voient vos yeux d'elfe ? demanda Syless.

— L'obscurité et rien d'autre.

Avec prudence, ils descendirent toujours plus bas. Des éboulements se faisaient entendre tout autour d'eux. Sous leur pied le sol devenait poussière en de petits craquements de gâteaux secs. Leete concentra son esprit, pour obtenir la vision.

— Des morts par centaines, voilà ce qu'il y a ici-bas, des os par centaines, voilà ce qu'il y a sous nos pas !

Calaia'thilon prit de panique, donna deux coups de talon dans les flancs de l'âne qui se précipita plus avant. Syless surpris ne put retenir la bride entre ses doigts. Tous trois passèrent comme une flèche à gauche de Leete.

— Je la vois ! affirma Leete, elle arrive déjà à la croisée des chemins. Seule et en pleur.

— Je l'entends dit Syless.

Chapitre 4

Par chemin facile d'herbe et de bruyère, ils quittaient le Lac gondolween. La lande s'étendait jusqu'au loin, seuls tertres et pierres levées donnaient forme à cette région.

— Nous voyagerons à travers la lande de Thuiwee, jusqu'au port de Goulart, où vous prendrez un navire vers l'ouest. De là, vous trouverez le moyen de vous rendre dans le val de Sourn.

Adanedhel ne retint point sa langue.

— Vous ne m'entretenez pas de vos découvertes ?

L'enchanteur réfléchit un instant avant de répondre.

— Rien qui ne vous concerne à ce moment, je dois me rendre à Éthélia pour découvrir qu'elle fut votre vie avant les elfes, les nains possèdent bien plus d'archives sur le vieux Salt que tout autre peuple.

— Assurez-moi que la vérité sort de votre bouche !

— Plait-il ? Pourquoi vous mentir, si je connais votre lignée ?

— Peut-être par crainte, voilà tout.

— Je concède qu'une certaine inquiétude me gagne, mais avant d'affirmer ce que vous êtes, laissez-moi en avoir certitude ! Ensuite seulement, je vous dévoilerais votre destin.

Adanedhel n'eut qu'un sourire en guise de réponse, le mage d'Estian lui mentait, il ne pouvait se tromper sur ce point, mais il lui accordait le temps de prouver ses dires.

Le soleil traversa le ciel, abandonnant à la lande les deux voyageurs qui trouvèrent refuge tout contre une pierre couchée. Le petit bois de bruyère craquait sous la flamme, les braises rougissaient sous le souffle d'Adanedhel. Le mage tirait sur une bouffarde.

— Il existe en cette terre de lande, de petits êtres sournois. Un soir, une jeune fille très belle s'étant éloignée de sa chaumière s'égara en cet endroit. Fatiguée et lasse, elle s'assit pour se reposer, mais le sommeil la gagna bien vite. Tard dans la nuit, quand la lune fut pleine, des lutins la réveillèrent. Nullement effrayée elle se joint à eux dans une ronde qui dura jusqu'au matin. Ne voulant pas les quitter elle décida de rester. Bien mal lui en prit, car, dès les premiers rayons du soleil elle se changea en pierre. Elle apprit bien malgré elle quand ne regagnant pas le monde qui est le sien son âme appartenait désormais à la lande, comme toutes les jeunes filles avant elle.

— Cela expliquerait toutes les pierres levées au milieu de ce paysage ?

La question ne trouva réponse, car le glapissement d'un renard les fit sursauter. Ils en rirent de bon cœur.

Le petit matin arriva pâle, et frais de rosé. De lourds nuages s'accumulaient. La pluie froide se déversa d'un coup. Le chemin

198

serpentait encore et encore, quand enfin, à bout de force et grelottants, ils virent la mer grise et vivante au loin. Un spectacle grandiose se donnait à eux de toute sa fougue. Des vagues déferlaient avec fracas sur le sable et la roche, levant une écume blanche. Elle bouillonnait avec vigueur, et grondait de toute sa voix. Ils gagnèrent le port de Goulart avant le plus gros de la tempête.

L'unique auberge rassemblait dans sa minuscule salle tous les voyageurs piégés par son arrivée soudaine. L'âtre vacillait à chaque nouvelle rafale d'un fort vent de nord. Les gouttes de pluie chantaient en tombant sur les tuiles. Le coup de grisou ne renonçait pas de la nuit. Tous pouvaient entendre sur la grève s'abattre les déferlantes.

Adanedhel assis près d'une fenêtre profitait de la fumée d'une pipe d'argile, dans la demi-obscurité, le tabac rougissait. Le mage d'Estian prit congé d'un simple signe de la tête. La porte s'ouvrit dans le fracas du tonnerre laissant pénétrer violemment la pluie forte et le vent tumultueux. Elle se referma avec difficulté.

La lumière du jour perça les nuages noirs, Adanedhel avait gagné le port pour trouver navire solide. La traversée le mena en terre de l'ouest, à Lugbûrzum en pays orc.

Lugbûrzum n'avait rien d'une jolie bourgade. Les orques de cette contrée ne présentaient aucune hostilité envers les autres peuples. Adanedhel ne s'attardait pas et s'engagea sur la route menant au nord.

Un panneau de bois rongé indiquait la direction du village de Durgaz qui se situait à quelque quarante lieues et passait par le Désert de Dargum, il ne pourrait pas le contourner sous peine de rallonger un trajet qui serait épuisant.

Sous ses pieds, le sol craquelé par manque d'eau se transformait en une poussière épaisse qui se déposait sur ses bottes. Le paysage aux teintes d'ocre était écrasé par un soleil aride. Les mirages de chaleur s'élevaient en tremblants. Pas un arbre, pas une ombre, peu de vie. Rien ne poussait.

La sueur perlait à son front. Au fur et à mesure, il retirait ses vêtements, les fourrant au fond de son sac de toile qui commençait à peser son poids. Tant les journées étaient étouffantes, tant les nuits étaient glaciales, par chance les nombreux rochers proposaient un abri.

Sur ces routes rarement fréquentées pourrissaient des charognes sous des nuées de mouches. Loin sur la piste monotone, quelque chose ou quelqu'un était adossé tout contre une pierre. Pressant le pas, ses yeux distinguèrent d'abord une forme humaine, plus il approchait, plus le corps semblait desséché. Arrivé au bout de son souffle, il se trouvait au-dessus d'un elfe momifié. Adanedhel ne pouvait dire depuis quand ce cadavre reposait là. En se baissant pour l'inspecter un détail attira son œil, dans la roche un nom fut gravé : Afae'lashal. Ce nom ancien faisait partie des légendes des elfes. Sans plus d'indication, il pria pour le repos du malheureux.

Le désert s'étendait à perte de vue, avec pour le seul point de repère de lointaines petites montagnes. Le vent soufflait et soulevait la terre décomposée. Adanedhel plissa les yeux, car la lueur l'éblouissait. D'un bon pas, il se forçait à avancer. Au bout de plusieurs jours, l'ombre des contreforts se proposait à lui.

Appuyé contre un vieux tronc de palmier mort, il portait à ses lèvres sèches et crevassées les dernières gouttes d'eau de sa gourde de peau. Malgré un épuisement certain, ses sens restaient en alerte le prévenant qu'il n'était pas seul. Le son d'une flute vint à lui. Il connaissait cet air. Lokkti apparut comme par magie.

— Me voici, me voilà pour aider le voyageur perdu.

— Vous ici ? Cela est impossible !

— Votre ami me demandait ce matin de venir à votre rencontre pour vous jouer une mélodie !

Adanedhel le regarda hébété et faible, il perdit conscience. Des rêves l'assaillirent, il se sentait flotter au-dessus du sol en contemplant la course du soleil. Le jour et la nuit passaient tour à tour sans s'arrêter. Une douce fraîcheur sous sa nuque. De doux parfum exotique. Un filet d'eau coulant entre les galets. Une ombre apaisante. Et toujours le son de cette flute.

Les yeux grands ouverts, il appréciait le haut palmier au-dessus de lui bercé par une légère brise. Ses mains touchaient une herbe douce et agréable. Se relevant, le premier visage qu'Adanedhel put distinguer était celui de Lokkti.

— Enfin, vous vous réveillez, ce ne fut point aisé de vous transporter ici !

— Où sommes-nous ?

— À Durgaz, du moins tout proche !

Tant bien que mal, l'homme se releva en titubant comme épris de boisson. Il secoua la tête pour reprendre ses esprits.

— Quel miracle, dit Adanedhel en riant. Comment vous remerciez ?

— Un service contre un service ! Je saurais revenir à vous quand l'heure sera venue ! En attendant, je vais danser un peu.

Le diable joua et joua encore jusqu'à la tombée du jour et disparu.

Sortant d'une oasis, il se mit en route à grande enjambée pour rejoindre la ville. Les briques de paille et de terre remplaçaient la pierre et le bois. Les orcs vaquaient à leurs occupations et ne furent nullement surpris de voir un homme parmi eux. Muletier, forgerons, tanneur, tous s'affairaient. Un cri retentit derrière lui, une longue caravane portant lourdes charges arrivait par la piste. Adanedhel acheta cheval et eau pour continuer son voyage.

Adeonïme verset 16

La croisée des chemins était un gouffre au milieu de la route. Large de trop de pied, nul ne pourrait le traverser. Les rayons du soleil éclairaient les lieux, car au-dessus la faille fut plus large.

Assise au bord de l'abîme, Calaia'thilon attendait avec l'enfant dans ses bras. Syless vint à elle et lui embrassa le front. Leete se tenait au tout près de l'abysse, perplexe. Par sa voix Afae'lashal parla.

— Ici ta foi sera éprouvée, tu devras trouver ton chemin, mais sache que le plus petit est parfois digne d'un très grand, et que ton œil ne voit que la surface des choses.

Syless passait tout un jour et toute une nuit à réfléchir à genou devant le noir trou. Il dit.

— Fâcheuse énigme ! Fâcheux exode !

Ses mains saisirent une poignée de sable rouge. Et le serra fort dans sa montée de colère. Se levant d'un bond, il le jeta vers le vide en parole.

— Va au diable toi et tes mystères !

Et un nouveau miracle s'accomplit. Le sable ne tomba pas dans la crevasse, mais recouvrit de son ocre le sombre abysse.

— Quel est ce prodige ? dit Syless

— De gouffre il n'y en avait point, elle n'est qu'ombre sans lumière. Mais échoué tu as, seul tes pas devait te guider à travers l'obscurité avec la foi en Afae'lashal comme guide ! Bientôt elle exigera bien plus de toi, et faire amende honorable t'acquittera en son nom.

La bride dans la main, Calaia'thilon et l'enfant sur l'âne, ils traversèrent la Crevasse d'Ugûrz jusqu'à son bout.

Chapitre 5

Il arriva en ville de Dâgalûr à la nuit tombée. Ne pouvant s'attarder, il sauta dans le premier navire en départ pour le Val de Sourn qui l'aborderait par le sud. La vallée verte se dévoilait enfin. Debout sur le pont arrière de l'esquif, il appréciait la distance à parcourir. Très loin au nord, Ardaên le géant trônait, son sommet perdu dans les nuages. Débarqué sur le sable, il se mit en selle. Il croisa des Halfelins qui l'observaient avec grand intérêt. Rares étaient les hommes à venir si loin. Le chemin suivait la Morne au clapotis joyeux. Il passa, les villages de la vallée sans s'arrêter. Roulecolline apparu sur sa droite, il l'évita pour ne pas attirer l'attention.

Adanedhel suivait les pieds de la montagne. L'écrin verdoyant de la nature s'épanouissait devant ses yeux. Daims et biches parcouraient les sous-bois touffus, les lapins jouaient dans les prairies, et les oiseaux chantaient à tue-tête. Les fleurs sauvages exhalaient des parfums suaves. L'imposant volcan se rapprochait. Des neiges occupaient son sommet. Tout semblait calme et serein. Le soir venu, il s'installa auprès d'un bon feu. Dans la fumée, un visage prit forme à sa grande surprise.

— Vous voici au terme de votre voyage, dit le mage d'un ton satisfait. Trouvez une clairière à proximité pour vous installer, bâtissez une cabane discrète, mais confortable, car deux hivers vous passerez ici.

— Deux hivers ?

— J'en ai bien peur. Même en Éthélia nul ne sait ce qu'il va advenir.

Le visage se dissipa telle la brume sous le soleil. Adanedhel fit selon les désirs de l'enchanteur et patienta. La roue des saisons tourna, le mage d'Estian allait et venait.

Un beau matin de printemps, un grondement se fit entendre. Adanedhel sortit de la cabane pour apprécier la situation. Une fumée grise s'échappait du volcan. N'attendant pas davantage il enfourcha son cheval pour gravir les flancs d'Ardaên. Laissant sa monture a mis hauteur, il utilisait pied et main pour grimper vers le sommet. La roche coupante lui arrachait des grimaces. Le sol fait de pierraille s'éboulait en de petites vagues sous ses bottes, soulevant une poussière épaisse et collante.

Il marchait d'un pas léger au bord du cratère. L'étouffant brouillard l'empêchait de voir au-delà de quelque pied. Par chance une légère brise, leva le voile. Au fond de ce dernier une forteresse fut bâtie. Tout en sombres pierres et cheminées fumantes, l'air sentait la forge et le métal noir. Bastion aux huit hautes tours, sans rempart, la citadelle prenait place au bout d'un pont, seul accès possible pour l'envahir, car tout autour d'elle un gouffre profond s'étendait, et en son fond, lave bouillonnante remplaçait l'eau. Non loin, dans des cavernes obscures, des grognements se faisaient entendre, et des ombres mouvantes se déplaçaient sur les parois à la lumière des torches. Les orques sortirent en rang serré par les bouches béantes. Des cors stridents sonnaient, des tambours graves battaient, la guerre était proche. Adanedhel n'avait point fait attention au chemin taillé tout le long du cratère. Déjà, les premiers bataillons en prenaient la route. Redescendu rapidement, il regagna son campement pour faire ses bagages.

Une grande légion se déploya, il restait à bonne distance pour les suivre. Le sol tremblant faisait fuir les animaux sauvages, les fleurs se fermaient, les branches des arbres ployaient vers le bas en signe de tristesse, car les elfes leur donnaient des sentiments au premier millénaire. Elle se déplaçait lentement, s'saccageant tout sur son passage. La désolation gagnait le Val de Sourn. La marche conduisait vers le premier village Halfelin. Roulecolline. Sous peu les orques seraient à leur porte et nuls n'en réchapperaient. Mais contre toute attente, les bataillons stoppèrent leur avancée, pourtant campement ils ne montaient pas. Une cohorte d'orcs nombreux se sépara de cette armée abominable, et prenait chemin pour le village, en suivant La Morne.

Il libéra son cheval non sans un certain regret. Enveloppant sa tête de la capuche de sa cape, il se confondit avec la nature environnante, presque invisible. Pendant plusieurs heures il pista ce détachement, quant au détour d'une allée de buissons épineux, un orque resté en arrière faisait le guet. Rapidement, Adanedhel passa derrière lui, Gwenzaa'l sortit de son fourreau sans un bruit, la lame s'enfonça dans le torse puissant. L'ennemi s'écroula dans un râle. Se saisissant du corps, il le dissimula dans un petit bosquet tout proche et s'y cacha lui-même, car vue dégagée il avait sur le quai et le pont.

Des cris mêlés de grognements s'élevaient bientôt. Le vent portait en sa direction les appels désespérés d'un peuple apeuré et abandonné à son sort. Bien que son bras fût puissant, il se sentait impuissant face à un si grand nombre d'ennemis. Sa main se crispa sur la garde de son épée. La colère montait en son cœur. Les yeux pleins de larmes, il priait pour leur repos. L'envahisseur termina sa besogne et reprit son chemin, car tout cela ne le touchait point.

Prudemment, Adanedhel se rapprocha du village. Le souffle court, il longeait une allée, la pointe de sa lame tapait et raclait par intermittence, lorsqu'un un bruit attira son attention. Des petits pas cheminaient à quelques distances qui disparurent aussi sec. Il se jeta dans le premier buisson venu et tendit l'oreille.

Il huma l'air, aucun orque ne se trouvait là. Sortant du fourré, Adanedhel s'approcha rapidement pour découvrir caché deux survivants.

Chroniques de :

Atanor dit l'errant

Chapitre 1

Un jour, une vieille femme au visage sans vie, s'en partit puiser de l'eau à une fontaine pour remplir un pot de terre. Arrivée au centre du village de Chetroc, elle vit un homme assis sur le banc de pierre tout à côté du puits, portant habit d'errant. S'approchant de lui, elle le salua, mais il ne la voyait pas, pas plus d'ailleurs que le reste du hameau, car de ce dernier il ne restait rien, hormis cette source dite aux souhaits. Quelques jours auparavant, des fées lui en indiquaient l'existence tout en promettant que la gloire serait au bout de l'aventure.

Atanor l'errant, le sans famille, jetait écu de bronze dans le liquide poisseux, mais rien ne se passait. La vieille émue décida de répondre en usant de quelque magie, car de ce hameau elle en était la gardienne, et possédait le don d'entendre les vœux. Une nouvelle pièce émit un bruit en crevant la surface de l'eau, d'où elle s'éleva après d'obscures incantations en prenant l'apparence d'une jeune femme. L'homme surpris se leva en un bond. Son enveloppe flottante brillait d'un ton bleu.

— Atanor, j'ai lu dans ton cœur que tu cherchais le lieu de ta naissance, si tu accomplis quelque chose pour moi, je te dirais qui tu es !

— Serait-ce un piège spectre, essaierais-tu de te jouer de moi par quelques mots habiles ?

— Je ne suis pas une mauvaise sorcière en cela tu peux me faire confiance, acceptes-tu ?

— Je consens, mais crains le fil de mon épée si de la vérité tu t'étais caché !

— Alors, bois à la fontaine et tu me rejoindras !

Atanor attrapa un filet d'eau froide et délicate au creux de sa main. Il la porta à ses lèvres. Le paysage se mit à tourner, son âme et son corps se dissociaient. Un éclair aveuglant lui ferma les yeux. Quand ses paupières s'ouvrirent à nouveau, les villageois penchés au-dessus de lui s'interrogeaient et une vieille femme lui tenait le bras. Atanor se releva avec difficulté.

Granges et fermes sortaient de terre, maisons et étables se matérialisaient. Poules, cochons, veaux, tous parcouraient à présent les rues transformées en bourbier.

— Une jeune femme me mena ici, où se trouve-t-elle ?

— Je suis cette personne, dit la vieille, ou du moins j'étais cette femme en d'autres temps. Pourrez-vous me pardonner ce petit subterfuge ?

Atanor en son bon cœur, lui pardonnait sans demander réparation à l'outrage, car en lui vivaient les règles de la chevalerie. Il lui sourit.

— Les dieux soient loués, annonça-t-elle. L'errant a accepté de nous aider !

Les villageois en liesse applaudir.

— Qu'elle est cette mission qui vous tient tant à cœur ? demanda Atanor gêné par tant d'enthousiasme.

— Libérez-nous de cette malédiction qui nous fait si grand tort, jadis nous avons été maudits pour avoir offensé un être diabolique qui souhaitait s'installer dans le vieux château de Kornouac, depuis trop longtemps il hante nos nuits. Partez vers le nord en direction de la montagne.

Atanor ne posa pas plus de questions.

Marchand à grands pas, Atanor aperçu au-dessus de paresseux nuages qui s'accrochaient à la montagne, un château d'aspect délabré. Un chemin pavé, taillé dans la roche en son flanc montait en lacet. Plus il gravissait l'étroit sentier, plus le froid mordant saisissait sa poitrine, lui arrachant des frissons. Un maléfice était à l'œuvre en cet endroit, Atanor ne pouvait en douter. Passant sous une arche, il se trouva au pied de l'imposante bâtisse. Un large escalier permettait d'accéder à la porte. Dans un grincement, elle s'ouvrit sur un vestibule envahi de toile d'araignée et de meubles effondrés. Sur sa droite, le salon aux tentures déchirées et pendantes, s'encombrait d'une immense table. L'argenterie était encore dressée, et au fil des siècles, elle perdait son effet de miroir.

Les huit pattes avaient leur nid jusque dans les verres de cristal. Une épaisse poussière recouvrait le moindre espace. Des tableaux anciens, aux couleurs passées, figeaient les visages de la famille qui vécut ici, dans une éternelle jeunesse. Retournant dans le hall, Atanor ne savait où chercher dans la démesurée demeure. Ses yeux parcouraient le couloir, de l'escalier de chêne vermoulu menant à l'étage, aux tapisseries défraichies, en passant par le tapis. Des traces de pas, bien visible dans la saleté, s'enfonçaient dans la sombre nuit vers l'autre bout du vestibule. Elianil en main, il remonta la piste qui s'arrêtait net devant une petite porte. Tout en douceur, il la poussa pour entrevoir ce qui se cachait derrière. Un raide escalier. Descendant les marches tel un chat agile, il aboutit dans un corridor et tout au fond, défiant l'obscurité, brillait une lumière. Le cœur battant, Atanor se dirigea rapidement vers la lueur. Une torche gisait à terre. La saisissant, il se hasarda de plus en plus dans les ténèbres profondes.

Le chemin couvert aboutissait dans un tombeau profond. Sortant de l'ombre, une main l'attrapa par l'épaule. La peur le saisit, rapidement dissipée quand le visage d'un homme se trouva face à lui. Il chuchota.

— Bien le bonjour, Atanor, enfin vous voici, j'ai bien cru devoir attendre. Mais j'ai oublié de me présenter je suis le mage d'Estian, dit-il avec un large sourire rassurant.

— Vous connaissez mon nom, mais nul ne nous a présentés !

— Laissez ceci de côté pour l'instant, nous en reparlerons quand le funeste individu qui vit ici ne sera plus !

Un bruit les interrompit. D'un coup d'un seul, le magicien bondissait de sa cachette, en poussant un étrange cri de guerre, face à lui une forme à longues ailes se dressait. Atanor le suivit sans réfléchir, allant à la rencontre d'un suceur de sang, le dernier de sa race.

Le mage appela la lumière au bout de son bâton pour vaincre les ténèbres, la bête mise sur le reculoir se protégea les yeux en grimaçant. Atanor frappa comme la foudre au cœur et au cou. Pour en finir avec le mal, le feu vint en une boule dans la main de l'enchanteur, qui la lança sur le vil qui s'écroula. Un tremblement secoua le château des fondations au toit, tout s'effondra.

Atanor revint à la vie, le mage d'Estian était là, une main posée sur son front. Il se redressa. Ses yeux semblaient le trahir, car la fontaine se trouvait à un pied de lui. À l'endroit même où il tombait.

— Vous revenez du royaume des morts, ne savez-vous pas que jamais il ne faut boire les eaux des fontaines surtout quand elles sont enchantées ? Heureusement que je passais par là, par pur hasard.

— Pourtant il me semble avoir vécu une drôle d'aventure.

— Hallucination, intoxication, ou que sais-je encore, en attendant accompagnez-moi jusqu'au prochain village, car des personnes ont besoin de vous !

Le mage d'Estian l'aida à se redresser, et partit d'un bon pas. Atanor essuya machinalement son épée avec sa cape, un sang noir et épais recouvrait la lame. Un sourire éclaira son visage, et dans un dernier geste, il attrapa dans sa bourse, un écu de bronze, qu'il jeta dans la fontaine, souhaitant que les villageois de Chetroc aient enfin trouvé le repos. Et dans le clapotis de l'eau, il entendit la voix de la vieille femme qui le remerciait.

Adeonïme verset 17

Le soleil attrapa leurs yeux à la sortie de la crevasse. Déjà, les contreforts de Cogne-terre se dessinaient au loin dans les vapeurs suffocantes du désert. Épuisés, ils firent halte avant le soir sous des palmiers verts de feuille et tronc sec. Leete dit.

— Regardez, se dévoile à nous les lumières de Lugdush, notre marche durera encore deux soleils.

Syless ne dit mot, il regarda Calaia'thilon prise de sommeil profond. L'enfant dormait. Se laissant emporter en rêverie, il fut éveillé dans la nuit par une voix se levant du désert que lui seul pouvait entendre.

— Syless à mon épreuve tu as échoué, prouve-moi ta foi ! Sacrifie l'enfant en mon nom !

Il se leva en peine, s'empara fébrilement la dague fine et tranchante, l'attacha à sa ceinture, et sans un bruit emportant l'enfant. Syless trouva une pierre plate, et déposa le béni qui se réveilla. Il l'observait avec un sourire. Se saisissant du petit poignard, Syless arma son bras, sa main tremblait. Fermant les yeux, le poignard s'abattit comme la foudre, la lame se brisa sur la roche. Reprenant ses esprits, la surprise le prit. Une voix vint à lui.

— Syless par ce geste de sacrifice tu viens de racheter ta faute envers moi, dit Afae'lashal. À l'avenir, ne manque plus de foi en ma parole, regarde Calaia'thilon arrive déjà.

La reine des reins déposa l'enfant dans les bras de Syless et s'évapora. Sa femme accourait en larme et les serra tous deux dans ses bras. Leete la suivait de près, et pour cette fois seulement, des larmes coulaient de ses yeux.

Chapitre 2

Depuis des temps très anciens, trois ou quatre fois par an, un siffleur de nuit battait la campagne du creux des fossés aux clairières des forêts, et uniquement à la lune haute et pleine. Il descendait rapidement du petit bois de Laf et venait sonner au beau milieu du village de Nathtim. Peu avant l'aube, il traversait le pont sur la rivière Casegel et sur l'autre rive disparaissait au milieu des pierres d'un vieux temple. Nombreuses personnes pensaient qu'il était une âme en peine et pour le sauver des flammes de Norgoth, dire en son nom des prières. Mais rien ne changea, le siffleur hantait les lieux et ne comptait pas en partir.

Par la route, deux hommes se présentaient bientôt à l'entrée du village. D'un pas pressé, ils poussèrent la porte du Satyre accueillant. Petite auberge rustique, son propriétaire avait pris soin de rester authentique. Sol battu, comptoir et vaisselle de bois. Table et chaise d'un autre siècle.

Trouvant place libre ils s'installèrent. Le mage d'Estian parla ainsi.

— Nous voici dans le village Nathtim, un mal étrange habite ici. Des réponses, je suis venu chercher puisque les anciennes archives ne mentionnent jamais cet endroit. De méfiance nous userons, car il existe en ce monde des créatures que nul n'a encore affrontées.

Atanor but les paroles du magicien. Les tasses d'un hydromel fort jaune s'entassèrent sur la table jusqu'au soir venu. À la nuit tombée, la lune pâle et froide envahissait tout le ciel des Royaumes de Thovarin, il n'en existait pas de pareil dans les autres terres de Salt.

Atanor sorti en premier, le mage d'Estian sur ses talons. Les derniers villageois se hâtaient de rentrer en leur demeure pour fermer porte et volet. La peur gagnait Nathtim. Ils prirent place proche du puits au centre du bourg. Quand un son étrange se leva. Une vielle à roue exprimait ses sons grinçants et aigus en une musique connue ici sous le nom de « An Dro ». Une forme apparut soudain dansante et sautillante, tournant sur elle-même avec légèreté et grâce. À quelques pieds son visage d'elfe se distinguait. Il était de ces premiers habitants des terres de Salt, disparu depuis fort longtemps. La musique se fit silence.

— Partageons ensemble une danse, dit-il aimablement dans une voix d'outre-tombe.

— Avant tout quel est votre nom ? demanda le mage.

— Arlian du peuple Sylvain, je sonne pour la fête de Beltaine en traversant le village. Mais nul ne souhaite partager une ronde ou ne serait-ce qu'un pas.

— Avez-vous conscience de n'être qu'un spectre aux yeux de tous ? répondit Atanor étonné.

— Seule l'enveloppe charnelle disparait, prisonnier ici je reste.

Arlian les regarda un court instant, et joua à nouveau faisant ronde autour d'eux. Le mage empli de réflexion touchait machinalement sa barbe.

— Atanor, veuillez participer à cette danse je vous prie et voyons où cela nous mène.

L'errant s'exécuta et entra dans le cercle. Ils suivirent le siffleur jusqu'à l'aube, traversèrent le pont et au temple écroulé tout bruit s'arrêta et l'elfe disparut entre les blocs de pierre.

— Ce temple en ruine ne me parle pas, et pourtant une magie intense émane de ce lieu. Je dois réfléchir.

Durant trois jours l'enchanteur resta silencieux et immobile, Atanor adossé à une pierre couverte de Runes fumait herbe à pipe. Il regardait les moutons du ciel poussés par le vent. Leur ombre parcourait les terres. Le troisième jour, il fut réveillé en sursaut. Le mage sortait de sa léthargie en toussant.

— Nous sommes sur un tertre sacré où se dressait le Ferathas blanc, l'arbre de l'assemblée des elfes Sylvain. La guerre du premier millénaire est passée par ici et tout fut brulé. Jamais l'arbre ne repoussa, car dans les royaumes des terres de Salt, plus aucune femme ne donna roi légitime. Aidez-moi à me relever.

Atanor tendit une main forte au mage qui la saisit avec un large sourire. À peine sur ses pieds, il partit entre les pierres. Atanor promptement le suivit.

L'enchanteur utilisa son bâton pour soulever des blocs taillés pesant des dizaines de chevaux et les déposer plus loin. Le chemin ainsi créé permettait d'accéder au sommet du tertre qui contrairement à bien d'autres semblait constitué d'une terrasse. Atanor fit le tour de la forme rectangulaire. Elle était ouverte sur une face, et une série de marches étaient encore visibles. Elle descendait en son centre à une autre époque. À nouveau, l'enchanteur puisa dans la nature et la magie pour soulever une immense dalle recouverte d'humus, de mousses, d'herbes et de terre meuble. Le sol trembla, lorsque le couvercle de se leva. Il resta un long moment suspendu dans l'air, et le magicien la fit voler en éclat alors, s'abattit une pluie de pierre sur la plaine avoisinante.

Au milieu du trou ainsi dévoilé, un puissant sort elfique protégeait quelque chose. Le mage descendit. Sous un petit dôme de cristal bleu vivaient deux arbres blancs sur un même tronc.

— Voici donc le secret des elfes…

Le mage ne put finir sa phrase que le siffleur sonnait déjà. Arlian accéda au lieu le plus saint des Sylvains, s'assit sur une pierre et joua de sa vielle.

— Vous saviez ! dit le mage. Pourquoi cacher nouvelle si importante ?

Arlian cessa de jouer.

— Le cœur des hommes est faible et la guerre est l'unique réponse à leur peur ! Nous, les elfes avons juré de défendre le roi des rois des royaumes de Salt. Pendant des millénaires, rien n'a vécu ici, pas même une brindille. Après les batailles de Nord'élia, le Ferathas blanc renaquit de ses cendres et nous offrant en héritage deux rois. Depuis qu'il est, je joue pour annoncer leur venue !

— L'équilibre, la clarté, mais qui sera l'obscurité ? demanda le mage.

— Je ne le sais, dit Arlian, mais sa venue est proche.

Le mage cessa de parler, il connaissait toutes les naissances et toutes les lignées seules les archives de Nord'élia lui échappait encore. Regardant Atanor avec un sourire il dit.

— Nous ne tirerons point de gloire de cette histoire, mais cette découverte vaut tous les trésors du monde. Arlian faite moi grand plaisir et jouer encore.

L'elfe se leva et dansa au son de la vielle.

Adeonïme verset 18

La petite citée de Lugdush, accrochée à un éperon rocheux, toute de terre séchée, s'ouvrait à leurs yeux. Passant la porte imposante creusée dans son rempart, les voyageurs se trouvaient face au plus grand temple d'Afae'lashal dans cette région. Il ne l'était pas par la taille, mais par le nombre d'adeptes. Grand-mère Kall-zog, une sorcière du premier millénaire s'occupait des âmes.

Appuyée sur un bâton, elle se déplaçait avec grande difficulté. Son visage d'orque, marqué par des siècles sous un soleil fort, était couvert de rides profondes. Des marques profanes parcouraient son front et ses joues. De derrière ses dents gâtées, un sifflement puissant se fit entendre.

— Que la peste m'emporte si ce chérubin n'est pas l'enfant béni !

— Qu'Afae'lashal te couvre de ses bienfaits répondit Leete. Par nécessité nous venons en ton temple pour entrevoir la suite de notre le chemin.

— Bientôt vous recevrez sa parole par ma voix, en cet instant prenez repos.

Grand-mère Kall-zog les invita à la suivre.

L'intérieur du temple, modeste et dépouillé, ne proposait qu'un simple autel et une rangée de bancs. Syless ne put retenir son étonnement. Et dit.

— Je m'attendais à trouver en ce lieu toute la gloire et la beauté d'Afae'lashal.

— Le royaume de Sa Sainteté est en vous et tout autour de vous, pas dans un temple de pierre. Les idoles ne sont que le reflet de la volonté des vivants de représenter l'insaisissable à son image. Dans votre cœur vivent les plus grandes richesses.

Chapitre 3

Au cours de leur périple, le mage d'Estian et Atanor vinrent à passer par Sourh au sud des Terres du Bassin de Dïejin. Des familles de bucherons vivaient là depuis des générations. Mais depuis peu des évènements troublaient la forêt, nombre d'arbres disparaissaient. Après une longue route depuis Nathtim, ils trouvèrent repos sous un chêne au feuillage tendre. La lumière jouait dans la frondaison agitée par une douce brise. Appuyé contre le fort tronc, Atanor dormait du sommeil du juste. Le mage méditait.

Ils n'entendirent pas les bruits dans les feuilles et les branches craquantes tombées durant le dernier automne. Un bucheron et son fils venaient par le sentier.

Au premier coup de hache sur un solide saule, Atanor sursauta. Rapidement sur ses pieds, il se dirigea vers la lame assassine qui pénétrait dans le bois. Arrivé à deux cents pas, le bruit de cognement s'arrêta. D'autres sons les remplacèrent, ceux d'un bruissement puissant et de gémissements. Quelque chose se passait derrière les fourrés loin devant lui. Toute la nature se tue, et un silence étrange gagna le sous-bois.

Des cris vinrent troubler cette quiétude anormale. Atanor, sortit Naaramil l'étincelante de son fourreau et se précipita.

Il ne trouva qu'os rougis d'un sang clair au milieu des feuilles vertes. Restant sur ses gardes, il se préparait au combat, mais le calme régnait. Les oiseaux qui s'étaient faits discrets gazouillaient à nouveau.

Atanor chercha longuement autour de tronc quelques traces de pas, mais nul n'était venu, hormis les deux pauvres hères qui gisaient là. L'arbre lui-même ne portait stigmates de la hache.

Le mage d'Estian se présenta à son tour, voyant le visage de l'errant il posa question.

— Que vous arrive-t-il ? Vous quittâtes si vite le repos que j'ai dû user de magie pour vous retrouver !

— Voyez vous-même les restes des deux malheureux qui perdirent la vie devant ce saule.

L'enchanteur se pencha et dit.

— Bien étrange que cela, peut-être devrions-nous aller au village pour annoncer cette terrible nouvelle.

Toutes les maisons de Sourh étaient fabriquées en un empilement de murs de tronc, posé sur un muret bas fait de pierres parfaitement taillées. Les toitures de paille se couvraient de lichen et de mousses. Devant chaque habitation, il y avait un banc, et sur chaque banc un ours était gravé. Le chef du village très vieux était assis sur l'un d'eux. Les deux voyageurs s'approchèrent et se baissèrent par respect. Hommes, femmes et enfant s'attroupèrent.

— Visiteurs, votre venue en ces temps troublés me laisse à penser que notre appel à l'aide fut entendu.

— Pardonnez notre ignorance, mais qu'entendez-vous par appel ?

— Un mal profond a envahie cette forêt, partout nous avons clamé qu'une récompense de cent pièces d'or serait offerte à qui viendrait nous libérer de cette malédiction qui nous fait si grand tort !

— Nous n'avons eu ouï-dire de votre malheur, nous prenions quelque repos après une longue marche, quand nous trouvâmes des corps à deux ou trois lieues de votre hameau.

Le vieux chef leva un bras et un groupe s'en alla par le sentier.

— Ils étaient des nôtres, un bucheron du nom de Jorah et son fils Bet. Si le mal continu à se répandre, il ne restera rien de notre village, la moitié des hommes sont morts et l'autre moitié partira pour Djâal.

Le vieil homme se leva en direction de sa maison et disparut par la porte. Tous l'imitaient, hormis une jeune femme aux cheveux couleur couchants. Elle les invita à entrer en sa demeure.

Un corbeau perché sur une poutre croassait. Il vint quand elle tendit le bras. À la lumière du feu, la pièce s'entourait de mystères. Sur des étagères pot de verre et de terre s'alignaient, des plantes séchées pendaient au mur. Dans un recoin un lit recouvert d'une peau d'ours, dans l'autre un simple coffre. Au centre de la pièce une table en bois brute et deux bancs. Elle les invita à prendre place pour un thé. Au coin de l'âtre, un pichet vibrait.

— Béfinn est mon nom, dit-elle en faisant passer le corbeau sur son perchoir. L'ancien s'est bien gardé de vous conter toute l'histoire. Voici ce que je sais. Tout à commencer après la venue d'un groupe mystérieux tout de vert vêtu. Nous ne connaissons leur nom et ne pourrions décrire leur visage, car du village ils restaient éloignés. À l'obscurité venue, quand le vent soufflait à travers la forêt, il portait à nos oreilles des paroles étranges, ce n'était ni de l'elfique ni de la langue commune. Après que ces étrangers eurent quitté nos terres, les hommes ne revenaient pas du bois, et nous avons creusé beaucoup de tombes.

— Pas de nom, pas de visage, des mots dans la nuit, dit le mage.

— Les elfes ont le pouvoir de donner la vie aux arbres, mais ces derniers ne tuent jamais les hommes ! souligna Atanor.

— Et pourquoi pas du Nanien ? Écoutez. Que la vie vienne en moi et mes descendants.

— Elle ne ressemble pas à celle de la forêt, dit Béfinn en buvant son thé.

— Alors vous avez entendu la langue Hugarth que je ne prononcerais pas ici ! affirma le mage.

— Cela ne se peut ! s'exclama Atanor.

— Détrompez-vous, il y a peu accompagnez d'un homme du nom d'Adanedhel, nous avons fait une bien étrange rencontre, un diable de l'ancien temps. Et ce dernier nous a fait part d'un futur bien sombre en Val de Sourn très loin dans l'ouest. Demain nous tirerons cette histoire au clair. En attendant, nous prenons congé.

Des nuages prirent place dans le ciel, et bientôt ils déversaient une pluie fine sur la forêt. L'homme et l'enchanteur parcouraient les fourrés espérant résoudre l'énigme du bois de Retan, car c'est comme cela qu'elle s'appelait.

Après plusieurs heures de marche dans une clairière aux hautes herbes, ils firent halte. Un craquement se fit entendre. Se faufilant prudemment, ils se dirigèrent jusqu'à sa source. Et l'étonnement fut certain. Un arbre anormalement gigantesque se levait. Son bois presque noir était devenu plus dur que le fer des meilleures lances, ses yeux couleur de flamme renfermaient une forte colère. Point de feuilles ne pendaient à ses branches. Les hommes n'eurent le temps de réagir que déjà ses mains de racine noueuse les attrapaient. Une bouche pleine d'écume s'ouvrit, les engloutissaient tous deux se refermant en un grincement insupportable.

L'obscurité était totale. Et la lumière fut par le mage. Ils se trouvaient dans une immense cathédrale de bois, dont les murs suintaient une épaisse résine. Au sol des corps pourrissaient dans ce mélange putride. Et une seule galerie permettait de s'en évader.

Atanor se releva frottant ses vêtements pour en enlever les immondices.

— Comment sortir de là ? demanda-t-il inquiet.

— Certainement pas par là où nous sommes entrés, il a fort à parier que nous aurons de grandes difficultés pour recouvrer notre liberté. En attendant ne restons pas en cet endroit prenons le passage.

Le couloir étroit sentait la mort lente, par chance il remontait en pente douce. Une nouvelle salle s'ouvrit à eux bien plus petite que la précédente. Elle contenait tout un bric-à-brac de fabrication elfique. Des montagnes de boucliers, des épées, des lances, des armures encore occupées par quelques squelettes. Atanor, curieux, approcha la main d'une lame, à son contact, l'arme émit une lumière aveuglante, qui fit sursauter l'arbre tout entier.

— C'est un Táva-ohta ! s'exclama le mage. Un arbre de guerre elfique !

— Un arbre de guerre elfique ?

— Une forteresse du premier millénaire, elle servait à la fois de transport, d'abris et de machine de guerre, imaginez-vous une armée accompagnée d'une telle force ! Mais je croyais que les elfes les avaient endormis à jamais !

— La preuve que non ! Celui-là est bien vivant !

— Sous le contrôle de l'ennemi, voilà pourquoi ils sont venus en cette forêt, elle renfermait un secret perdu, Hugarth savait où dénicher cette chose et surtout comment l'utiliser !

— Mais cela n'explique pas les corps mutilés des bucherons ! dit Atanor curieux de la réponse.

— Des arbres de guerre, ils en existent de toutes sortes, certains comme celui où nous nous trouvons et d'autres, cachés, qui attendent le passage d'une armée. Sentant la hache sur son bois, l'arbre a répondu en tuant les hommes.

— Découvrons le moyen de sortir et de renvoyer ce Táva-ohta ! Un escalier est dissimulé derrière un tas de vieux casques.

Ils se lancèrent en une ascension difficile, le souffle court, il débouchait bientôt à la salle la plus haute. Des fenêtres se dessinaient sur le bois. Le mage leva son bâton et parla en une incantation elfique.

— Que s'ouvrent toutes fenêtres sur le monde !

Dans un bruit de grincement tous les volets se levèrent Atanor s'approcha et s'aperçut que le Táva-ohta gravissait une pente escarpée.

— Il part en direction du Nord, vers Nord'élia ! s'écria-t-il.

Le mage eut un frisson. Il dut se résigner à prendre une vie.

— Je regrette ce que je vais accomplir, mais la sécurité de tous dépend de nous ! Que ton corps soit de grès, que ton corps soit de marbre, transforme-toi en pierre !

Le Táva-ohta s'arrêta et poussa des grincements déchirants qui se répercutaient dans toute la plaine. Petit à petit, tout son bois se transformait en pierre, de veine en veine, passant à travers l'écorce, se propageant jusque dans les moindres nœuds, ses yeux virent la lumière pour la dernière fois, sa bouche s'ouvrit comme pour aspirer l'air et se figea.

Après tant d'aventure, les deux voyageurs revinrent vers le village pour revoir Béfinn et lui expliquer la situation. Bien qu'elle eut du mal à les croire, elle accepta d'apprendre une formule elfique pour mettre un terme à la menace des arbres de guerre. Comme des héros, ils partirent vers de nouvelles aventures toujours en direction de Djâal.

Adeonïme verset 19

Grand-mère Kall-zog eut dans la nuit les visions que tous atten-daient. D'une main fébrile, elle laissa trace écrite du destin de l'enfant. Au matin, faible et mourante, elle dit.

— Afae'lashal la reine des reines m'a tenu des propos dans un sommeil sans rêves. Elle me rappelle en son royaume, car toutes les heures de mon existence sont écoulées.

Calaia'thilon se mit à pleurer, Grand-mère Kall-zog s'approcha d'elle et posa sa main sur tête.

— N'ayez point de tristesse pour moi, ma vie fut pleine et en-tière.

Elle se déplaça vers l'enfant qui avait les yeux grands ouverts sur le monde. Elle lui attrapa la main délicatement en ajoutant.

— Ma fin est de joie puisque j'ai vu l'enfant béni, et com-prends que l'attente ne fut pas veine. Maintenant, laissez-moi vous parler. Afae'lashal à tracer votre destin, vous suivrez la route qui longe la mer des Sernats et ne devrez la quitter. Dans une lune, vous arriverez dans la ville des pécheurs et des pécheresses nom-mée Zog. La voix de l'enfant sera alors libérée et par son discours il se devra de les sauver.

Grand-mère Kall-zog ne parla plus, elle s'assit sur un banc et sa tête se baissa. La mort était venue. Dans le silence elle quittait ce monde âpre et désertique pour rejoindre les rivages verdoyants. Leete prit son corps et le déposa délicatement sur l'autel.

Syless et sa femme, à genoux, priaient pour son repos, et la bénir mille fois. L'enfant les regardait, et de lui émanait une puissante aura de bénédiction.

Chapitre 4

Par une radieuse matinée, à proximité de Dryt, Atanor et le mage arrivaient à grandes enjambées. Durant la nuit, ils furent traqués par horde de loups, qui par chance, préférait l'ombre à la lumière, et qui aux premières lueurs de l'aube abandonnait leur proie.

Le village presque ruine, ne présentait nulle façade grande et belle, nulle boiserie travaillée et encore moins d'intérêt à y rester. Des villageois peu aimables envers les visiteurs ne leur prêtèrent la moindre attention. Hormis un jeune garçonnet, qui ne portait soulier. L'enchanteur fit apparaitre une pomme bien rouge pour la lui offrir. L'enfant peu enclin à être sauvageon se jeta sur le fruit bien mûr. Et pour remercier le mage, il raconta toute une histoire.

« Il existait dans le village en un temps passé, trois fils héritiers du fermier Torehi qui quittèrent Dryt pour trouver fortune. Tous devinrent officiers dans la grande armée et partirent pour guerroyer. Des trois fils, un seul revint à son père pour lui succéder, les deux autres préférant écu d'or contre leur service d'épée. D'après les anciens, ils quittèrent le nord avec fardeau partagé. L'un gagnait Finroc en Thovarin et l'autre Doï dans la vallée des Étangs. Beaucoup dirent qu'enfant orphelin voyageait avec eux. Aucun d'eux ne revint jamais ».

— J'ai eu vent de cette histoire, dit le mage en riant.

L'enfant ne répondit pas et fila plus vite que le vent.

—Finroc, j'ai passé mon enfance là-bas, dit Atanor. Père et mère ont pourvu à mon éducation, et devins l'errant en âge de quatorze ans, pourtant une vieille cantine qu'elle me chantait me revient en mémoire.

Pour retrouver ma maison éloignée,
Je pars loin devant sans me retourner,
Nombreux sentiers je prends,
Pour gagner le nord d'antan.

De jour en nuit,
Je traverse plaine sou pluie
Et marais profond,
Pour gagner honneur et nom.

— Que vous soyez un prince, je n'en doute pas, en vous de grande valeur vous possédez, bientôt de nouvelles révélations vous seront comté.

Le mage d'Estian resta vague et pour ne pas soutenir conversation, il avança sur le chemin quittant le village. Tout du jour, sans prendre repos, ils parcouraient la plaine. En moins d'une lune, les deux hommes arrivaient non loin de la ville de Djâal.

L'enchanteur ne parlait plus, son corps semblait vide de toute âme pourtant il marchait toujours. Le grondement du tonnerre se fit entendre. Et enfin des mots sortirent de sa bouche.

— Pardonnez-moi cette longue absence, je tenais discourt, car d'autres que vous avaient besoin de conseil.

— Deux jours entiers !

— Le temps et l'espace ne sont pour moi que peu de détails, par le pouvoir de la matérialisation ou don ubiquité, je suis en toute chose et en tous lieux, vous en ferez l'expérience dans un avenir proche. Mais, je ne reviens pas avec de bonnes nouvelles, le reste du chemin vous ferez seul, des affaires urgentes m'attendent loin dans l'ouest. Et je ne peux les ignorer.

Les ruines de la citadelle, toujours grise, toujours sombre, observaient la ville de Djâal depuis plusieurs mémoires d'hommes. Atanor assis en haut d'une vieille tour de garde regardait l'agitation des rues. Boue et fange avaient remplacé le commerce florissant, et la puissance de son roi gardien. Dans le port, les bateaux de pèlerins déversaient leur flot de nouveaux arrivants, qui se bousculaient telles des nuées de mouches sur une charogne. Les fortes odeurs de la mer montaient jusqu'à lui l'imprégnant de cette odeur poisseuse. Le mage lui proposait de prendre repos en la taverne de l'Agneau accueillant.

Dans la rue, tous se croisaient sans s'adresser la parole, Atanor descendait la rue principale quand son œil fut attiré par une échoppe particulière portant nom de Souvenir du Nord. Il poussa la porte.

Des étagères occupaient les murs prêtent à craquer sous le poids d'innombrables choses et trucs qui les encombraient. Pourtant un objet en particulier l'attira. Un ancien tableau représentant cinq écus royaux.

À moitié effacé par le temps, il n'avait d'importance que pour celui qui saurait le déchiffrer. Atanor s'en saisit pour le voir de plus près, il sentit ses mains s'électriser au contact de l'œuvre. Tout cela lui semblait de plus en plus étrange.

Un être difforme et bien laid, portant lunette bien ronde à monture de fer vint à lui. Sa longue barbe brune se nouait par endroit et sa chevelure hirsute sortait de sous son bonnet de cuir tanné. Ses yeux pétillants et sa bouche souriante invitaient à la conversation. Une pie chantait sur son épaule.

— Trouver en Nord'élia ! Un seul exemplaire disponible !

Atanor le regarda et question posa.

— Qui sont-ils ?

— D'anciens souverains d'un royaume déchu, ou simplement un vestige d'un lointain passé, tout dépendra de vous !

— De moi ? L'homme devenait perplexe.

Atanor fixait les écus tentant de voir à travers l'usure. Il le reposa à hauteur d'yeux et se tourna vers l'être qui ajouta.

— De vous, de votre frère, de votre sœur, de vos parents ! Comment savoir qui vous êtes si vous ne l'ignorez pas vous-même. Je n'ai pas de souvenir de votre visage pourtant je suis certain de l'avoir vu sur l'un de ces portraits.

Le difforme tourna les talons et se dirigea vers le fond de l'échoppe. L'errant se forçait à la lucidité, mais son regard était à nouveau attiré par la peinture. Vide.

— Mais, qu'elle est cette supercherie ! Il n'y a rien à voir sur ce tableau ! Vous n'êtes qu'un habile manipulateur !

Sa phrase n'obtint en réponse qu'un grincement de battant qui se refermait. Atanor se précipita dans la rue. La nuit avait remplacé le jour, et nul passant ne battait le pavé de son pas, et la boutique elle-même venait de disparaître. Atanor confus traina les pieds toute une partie du soir, pour finalement se rendre à la taverne. Devant la porte, il entendait déjà les chants et les rires ivrognes.

Adeonïme verset 20

Après une longue marche, à une lieue du pont écroulé de Zin'go. Les voyageurs firent halte. Le vent de mer venait de l'est, et les étoiles se levaient dans la voute céleste. Celle que l'on nommait Sernats se retirait laissant rochers gris, roses et bruns aux découpures fantastiques, nues sur le sable. La marée ainsi basse, découvrait les herbes de la mer. Un épais et somptueux tapis d'algues jaunes et noires. Parmi elles, des flaques reflétaient la lune. Sur la grève, Syless avec femme et enfant trouvait repos au flanc d'une dune couverte d'oyats. Un feu naissait au milieu de branchages ramassés sur le rivage. Leete posa sa tête sur le fin gravier et s'endormit tout comme Calaia'thilon et l'enfant.

Syless seul veillait, épris de pensées obscures qui ne trouvaient réponse. Au fond de lui, il savait que cet exode lui couterait la vie. Afae'lashal, la reine des reines s'adressa secrètement à lui avec toute la douceur de sa voix.

— Syless, je regarde en votre cœur et votre inquiétude je la comprends, mais sachez que votre sacrifice servira la grandeur de l'enfant. Vous êtes un juste parmi les pécheurs.

— Alors, épargnez nos vies ! S'il existe deux justes dans notre petite communauté pourquoi mettre fin à leur vie ? Et si un seul d'entre nous était bon, vous sacrifieriez trois existences pour en sauver une seule ?

— Je jugerais ! dit Afae'lashal.

La voix se tue. Syless épuisé, s'endormit d'un sommeil léger qui ne fut que trop court, car avant l'aube, l'avancé de brigand à moins de six cents pas alerta Leete, qui ordonna la fuite.

Chroniques de :

Thalyn du peuple Indarin

Chapitre 1

Enfant de Sylsaniat,

Belle elfe d'Indarin,

De ton peuple hérita,

Des amours passionnés,

En toutes choses nées,

De la nature boisée.

Les cascatelles (petite cascade) emplissaient un bassin dans le creux d'une montagne dont la roche était blanche comme la neige. Le vent sur la chute d'eau soulevait les gouttes en une pluie légère, les faisant danser dans une ronde scintillante.

Tout autour s'épanouissait une forêt verdoyante et pure, où l'enchantement des elfes donnait la vie à toutes fleurs, tous arbres, même les feuilles chantaient. Au plus profond du bois, le dernier royaume Indarin vivait caché aux yeux de tous. Un Táva lossëa gigantesque abritait en son tronc et racine la citée d'or de Nulamnis, dirigé par une reine belle et douce.

Thalyn, assise sur une branche, regardait avec le plus grand des amours, la nature qui s'épanouissait en une poésie propre aux elfes. Des lucioles virevoltaient entre les maisons suspendues aux ramures. Elles étaient taillées, dans un cristal des plus purs, en forme de diamant scintillant. Leur petite lumière irisait les facettes du quartz en des arcs-en-ciel fugaces. Des ponts de roseau blanc,, comme des guirlandes accrochées aux rameaux, servaient de sentier. Des globes d'arconuim, ressemblant à des soleils pendus de-ci de-là en de longs fils tels de lampions, éclairaient la frondaison. Autour du tronc, un escalier montait en spiral, donnant accès à une multitude de portes arrondies faites d'argent ciselé, et partout, des fenêtres pareilles à des étoiles se comptait en grand nombre. Dans la partie la plus haute du Táva lossëa existait un orbe de la taille d'une lune. À l'intérieur, un auditorium au sol pavé de bronze occupait tout l'espace, et en son centre un trône d'or, décoré de tanwa elfique.

Arnwyn héritière d'Afae'lashal était assise, droite et sûr. À ses pieds, un tapis bleu à filigrane d'or disait.

Autrefois, en terre de Salt n'existait que le néant,
Au bord de l'abîme béant, terre et ciel ne faisaient qu'un,
Ni mer, ni forêt, ni montagne, pas même de divin,
Sans étoiles, sans lune et sans soleil brillant.

Alors la lumière d'Aino vint créer le monde,
Créant le fer pour que les hommes le fondent,
Créant volcan de pierre vomissant,
Et pour les elfes forêts de bois poussant.

Thalyn observait à travers la frondaison abondante de l'arbre blanc les étoiles disparaître dans une aube rouge comme le sang, annonciatrice de mauvais présages. Rapidement, avec grâce et légèreté, elle grimpa, sauta, glissa, pour atteindre le dernier bourgeon au-dessus de la dernière feuille de la dernière branche. Scrutant le lointain, elle vit de noirs nuages épais, étranges et immobiles s'amonceler dans l'ouest. Ils n'étaient nullement naturels comme si une force tentait de dissimuler à la vue omnisciente des elfes des évènements au sein de ces contrées. S'interrogeant, Thalyn rabattit les bras sur sa poitrine, et se laissa tomber. D'un geste sur, sa main se saisit rapidement d'une guirlande de lampion, les agitant comme un vent puissant, fit deux tours, et partit dans une vrille, atterrissant sur ses pieds. D'une course folle, elle grimpa les escaliers pour atteindre l'orbe. Devant la vaste entrée sans porte, car en ce lieu, elles n'étaient pas nécessaires, des gardes surveillaient. Grands, minces dans des armures blanches, ils portaient longue épée recourbée. Elle passa sans même les regarder.

Au milieu de l'auditorium emplis de jeunes elfes à peine plus âgés de huit ans, la reine Arnwyn était debout, vêtue d'une robe à la blancheur étincelante, prise dans un discours au travers d'une pierre de vision qui flottait dans l'air. Elle parlait.

« Avant que naisse la lumière d'Aino, il n'existait en terre de Salt qu'un abîme que l'on nommait Zalam, divisé en deux royaumes. Fiaiasor le monde de glace et Ahradin le monde du feu.

De Fiaiasor, douze rivières se jetaient dans l'abîme, le remplissant lentement du gel de l'eau. Les étouffantes braises venant d'Ahradin transformaient la glace en vapeur.

De l'opposition de Fiaiasor et Ahradin, le monde fut créé. Du feu vint la roche qui fit la terre, les montagnes et le sable ; et la glace fit mers, lacs, nuages et ciel. Ensuite et seulement ensuite, Aino prit la foudre du ciel et les étincelles des volcans pour créer toute nature et tout être. Voici comment sont nés les mondes de Salt ».

Thalyn s'avança discrètement. Le charme disparu. Dans le calme l'auditorium se vida. Arnwyn ne bougeait pas. Sa peau fine et pâle laissait entrevoir ses veines azurines. Ses cheveux couleur d'argent accentuaient les reflets bleus de ses yeux perçants. De son diadème d'or émanait une douce lumière telle une sainte auréole.

— Approchez Thalyn enfant de Sylsaniat, dit-elle sans la regarder. Approchez mon enfant et entretenez-moi de ce trouble en votre esprit.

— Ma reine, par-delà les montagnes et la mer, j'ai vu le ciel devenir nuit. Un rideau d'obscurité tombe sur l'ouest, et je ressens une soudaine agitation dans la terre.

— Toutes mes pensées sont tournées vers le second continent, et rien ne me force à penser que le mal est à l'œuvre dans les royaumes des Hommes, des Nains et des Halfelins.

— Pourtant une aube rouge s'est levée, signe qu'un jour prochain du sang sera versé.

La reine Arnwyn prit place sur le trône et ajouta.

— De tous les elfes d'Indarin, vous possédez l'esprit le plus réceptif au changement et vos sentiments profonds vous honorent. Mais votre don de vision est imparfait, et de l'avenir vous ne pouvez interpréter les signes.

— Alors, vous qui faites preuve d'une grande sagesse dites-moi comment lire le destin réservé aux terres de Salt, demanda Thalyn naïvement.

— Avant tout vous devez faire le silence en vous pour plus de discernement. Mais, j'aime à vous rappeler que votre unique préoccupation doit rester la surveillance de nos frontières. Maintenant, laissez-moi méditer.

De la montagne s'échappait une cascade, qui remplissait un large bassin de marbre construit. Les elfes l'embellirent en son fond, d'une mosaïque de lapis-lazuli et de pierre de lune représentant le táva lossëa. Tout autour, des statues de bonne taille, au visage d'elfe et glaive pointe vers le sol, gardaient les bains. Le corps élancé de Thalyn se distinguait dans le brouillard d'eau. Elle tordait ses longs cheveux argentés entre ses mains fines pour en extraire le doux liquide. Elle se dirigea vers le bord pour s'envelopper d'une toge blanche. Quand une voix d'homme, agréable et légère s'éleva à proximité.

— Thalyn enfant de Sylsaniat du peuple Indarin, je viens à vous en ces heures troublées.

— Qui êtes-vous et pourquoi vous cacher dans l'ombre ?

— Enfant je vous faisais sauter sur mes genoux, vous me connaissez sous le nom de mage d'Estian et secret doit être notre entretien.

— Tant d'années sont passées, j'ai peine à me souvenir de votre visage.

— Nulle importance à cet instant, je suis venu quérir votre aide.

— Mon aide ?

— N'avez-vous pas ressenti la perturbation obscure s'étendre sur l'ouest ?

— Seule, notre reine Arnwyn héritière d'Afae'lashal possède le don de prédiction, je ne suis qu'une humble elfe affectée à la garde.

— Me serais-je absenté trop longtemps de votre monde ? se demanda le magicien.

Il resta un long moment silencieux et ajouta.

— Je me dois de conclure que de votre personne vous ne savez rien, et encore moins de votre destin. Pourtant, vous devez monter

sur le trône, car là est votre place ! De cet acte naîtront de nouvelles alliances avec tous les peuples de Salt. Vous devez entendre
ceci, Arnwyn l'usurpatrice vous tient sous son pouvoir, car par la
crainte elle est habitée, la crainte de voir une enfant elfe s'élever et
devenir reine !

Thalyn ne comprenait pas.

— Je constate à votre regard que toutes mes paroles vous sont
étrangères et pourtant vérité elles sont ! Rencontrons-nous en village de Daedulrah, le dernier comptoir elfe à l'ouest d'Éthélia.

Adeonïme verset 21

Ils quittent malgré eux les bords de la mer calme et rassurante pour entrer dans le désert brulant. Le sol meuble se dérobait sous leur pas. Ils gravissaient tant bien que mal les dunes arides. Leete qui portait l'enfant se retourna. Brigands et assassins gagnaient du terrain. Syless épuisé par son grand âge faisait moult efforts en tirant sur la bride de l'âne de gorlay pour le faire grimper. Sa femme prise de terreur ne pouvait retenir ses pleurs. Le soleil était haut dans le ciel quand, entre deux collines sableuses couronnées de palmier, ils virent à nouveau les ondulations de la mer des Sernats, et sur son bord un batelier.

Mais, le mal se dressa encore contre eux en une tempête de sable. Le paysage n'était plus que poussière rouge étouffante et irritante. Et l'âne rendit son dernier souffle, car trop d'effort et point d'eau.

Le jour passa comme la flèche de l'archer, ce n'est qu'à la nuit venue qu'ils sortirent du désert, arrivant trop tard pour prendre le bac qui faisait le service entre les deux rives de l'anse. Résigné Lette sortit son épée prêt à pourfendre le moindre assaillant. Syless emmena femme et enfant au bout du ponton. Calaia'thilon s'agenouilla et pria. Déjà, tous pouvaient entendre les jurons des mécréants. Et un nouveau miracle vint. Le doigt d'Afae'lashal traça sillon à travers les eaux, les séparant en deux murs et elle dit.

— Prenez le chemin que je vous offre ! Brigands et assassins ne pourront vous y suivre sans perdre leur vie !

Leete aida Calaia'thilon et l'enfant béni à descendre au plus profond de la mer. Syless les suivait. De toute leur force, leur jambe courrait. Quand derrière eux, le vacarme se déchaina. Déjà les flots les engloutissaient.

Chapitre 2

Le village de Daedulrah, le dernier comptoir elfe à l'ouest d'Éthélia, avait perdu son faste d'autrefois. Les maisons, pour beaucoup abandonnées, ne reflétaient plus la grandeur de ce peuple du premier millénaire qui s'établissait en cet endroit. Le bel ouvrage des bois ciselés s'effritait. Nombreux bandeaux sculptés de signes gracieux, qui ornaient les toitures, étaient rongés par insectes et mousses envahissantes. Ne restait plus en ce hameau qu'une seule échoppe de tavernier, la dernière dans cette partie du monde. Angdul en était le propriétaire. Trop petit pour être reconnu comme un haut-elfe, un embonpoint le gagnait par la taille, perdant de ce fait tous les attributs de sa race. De profondes rides entaillaient son front. Ses grands yeux gris éclairaient son visage émacié. Ils étaient emplis de l'amour en toutes choses.

Un morceau de lin sur l'épaule, il passait entre les tables occupées par des voyageurs venant de toutes les contrées. Au fond de la salle humide, assis sur un tabouret bancal, le mage d'Estian prenait un thé, et posé à côté de lui un sac de toile gros et lourd. Le liquide sucré fumait dans la tasse en terre cuite. La bouilloire détrempait le bois de la table en une trace ronde. Du bougeoir, la cire se répandait comme de la lave, finissant par s'amonceler en de petites montagnes blanches. À quelques pas, un grand feu tentait tant bien que mal de réchauffer la taverne et d'en chasser la moiteur désagréable. Le comptoir en pierre brute, plein de vaisselles sales, était large et crasseux tant bien qu'il gardait les empreintes des mains s'appuyant sur son plat. Les fenêtres donnant sur l'extérieur s'embuaient, et qui, par endroit, dégoulinait en goutte bien noire.

Le mage d'Estian s'essuya les lèvres du revers de sa manche, quand, la porte s'ouvrit laissant la lumière du jour envahir la sombre gargote. Une ombre se dessinait, haute et frêle. Un chaperon recouvrait sa tête. Angdul vint à l'accueillir et l'échange fut bref. En silence et sans un regard, elle se déplaça dans la salle pour rejoindre la table. Trouvant siège, elle s'assit sans lever l'épaisse feutrine qui la cachait. Dans l'obscurité, ses yeux se coloraient d'un discret chatoiement bleuté.

— Vous voici enfin Thalyn enfant de Sylsaniat du peuple Indarin.

Elle ôta la coiffe qui couvrait ses longs cheveux argentés. Le magicien ajouta.

— Je retrouve en votre visage les traits de la jeune elfe de tantôt. Regardez-moi et rassemblez vos souvenirs.

L'enchanteur ne retira pas son capuchon, mais le tira légèrement en arrière, Thalyn le dévisagea un court instant, et un sourire illumina son visage.

— Je me souviens de vous comme un vieux bonhomme à longue barbe grise, mais tant de vie d'homme sont passées, je ne pensais pas que vous étiez toujours de ce monde, dit-elle gênée.

Le mage d'Estian fronça les sourcils et émit un rire amusé.

— De tous les elfes, vous êtes la première à vous en être inquiétée.

Ils riaient tous deux de bon cœur, attirant l'attention de nombreux voyageurs.

— Je vous ai convoqué en ce moment décisif, car de Nord'élia viendront les sept.

— Les sept ? Le mal ne peut se répandre en terre de Salt, les anciens mages ont créé un sceau l'empêchant de franchir la rivière Naaz'gol !

— Certes, mais de son tombeau obscur, le roi mystique Gorbundus à trouver le moyen de renaître, les rêves sombres lui ont redonné sa force d'autrefois et tout son pouvoir, il a recouvré ! Bientôt des plaines fétides de Nord'élia de nouvelles ténèbres se déverseront dans les royaumes de Salt, et Kaladan sera à leur tête !

— Notre peuple a protégé ce monde pendant des millénaires, mais aujourd'hui, nous ne sommes plus assez nombreux pour nous opposer aux armées du Mal.

— Beaucoup d'entre vous quittent ses rivages pour gagner les grandes citées éternelles de Kerel par-delà la voie des morts, mais tous peuvent être rappelés.

— Nous nous refusons à utiliser la nécromancie, elle est contre toute nature, dit Thalyn fâchée.

— Le besoin crée la nécessité, j'espère que nous n'aurons jamais utilité de pareille magie ! Mais…

Le mage d'Estian regarda Thalyn droit dans les yeux, et laissa sa phrase volontairement en suspension. Elle demanda.

— Vous avez parlé des sept, sous quelle forme viendront-ils à nous ?

— En cavalier ! Ils porteront la maladie, la guerre, la peur, la mort, l'affrontement. Toutes les plaies du monde seront gangrénées par leur poison et leurs viles paroles verbeuses. Chacun portera un sceau dont nous aurons besoin pour refermer la brèche de Naaz'gol !

— Pour préserver les terres de Salt, je vous aiderais ! Mais avant, vous me devez une explication !

— Et promesse je tiens. Votre mère était l'héritière du royaume des elfes, mais son amour pour un mortel la détournée du trône. Le nom de cet homme était Athalion, grand roi de Thovarin. De cette union est née une elfe.

Thalyn s'interrogeait sur la véracité des mots qui sortaient de la bouche du mage. Voyant son désarroi il ajouta.

— Et voici le texte dont je trouvais trace au milieu des archives des hommes. Je vais vous le conter pour que votre passé et votre histoire prennent tout leur sens, et ensuite nous parlerons si vous le souhaitez.

Jadis une Elfe demoiselle,
Eprise d'un homme mortel,
Décida de porter son amour formel,
En terre de Thovarin éternelle.

Un baiser déposé sur son front,
Une caresse sur ses cheveux dorés,
À son doigt une bague ils conviendront,
Et bientôt mariage célébré.

Dans le bassin de la rivière.
Où coule cascade d'eau fraîche et claire,
Leur union sous astre lunaire,
Brillera au milieu des étoiles solitaires.

À présent, il était roi des elfes honorés,
À présent, elle était reine des hommes admirés,
Deux seigneurs d'arbre et de vallée,
Deux seigneurs aimés.

Mais le vent souffla sur le táva lossëa,

La haine autour d'eux brilla ;

Tant s'opposaient à eux,

Que décision fut prise de réjouir orgueilleux.

Elle prit la voie de la morte Kerel,

Il s'enferma dans la folie intemporelle,

Tous deux moururent de chagrin,

Et changer en statue d'airain.

Mais, de leur amour passionné et vaincu,

Une belle enfant pour nous est venue,

De la demoiselle devenue femme,

Pour nous sauver des elfes sans âme.

Thalyn resta sans voix, ses yeux tristes en disaient long sur ses pensées. Elle posa question.

— Je serais donc l'héritière de deux royaumes ?

— En Thovarin la lignée des rois légendaire est en haillon, les villes ne sont plus que des cités états, accéder au trône vous demandera la ruse habile du renard, car nombreux s'opposeront à vous. Avec mes conseils, vous passerez les portes d'Harus, mais pour être légal d'un homme vous devrez accomplir des exploits, et j'ai d'ailleurs pour vous une première épreuve.

— Et que faisons-nous pour le Táva lossëa ?

— J'interviendrais le moment venu pour faire abdiquer votre reine, mais du temps et de la patience je vous demanderais ! En attendant, vous devez porter aide à Therroren fils de Sinual l'héritier de Düranor, une bataille se prépare au col de Kerad-Ghesh. Rejoignez les cavaliers aux ruines de Nala'akra, mais n'oubliez pas que votre avenir dépendra cette première victoire, et que Therroren doit survivre pour que s'accomplisse son destin. Regardez dans ce sac.

Thalyn, fébrilement, attrapa le lourd ballot de toile et en sortit, heaume et cuirasse en argent finement ouvragée, canons d'avant-bras et paire de grèves en mithtril solide.

— Les nains qui sont de mes amis et des vôtres à présent ont fabriqué cette armure pour vous. En espérant qu'elle vous porte chance.

Adeonïme verset 22

La ville des pécheurs et des pécheresses nommée Zog, était particulièrement animée. Nuls ne dormaient en ce lieu, où seuls les plaisirs de la boisson et le meurtre rituel avaient cours. Leete main sur la garde faisait le guet devant la porte de l'étable qui leur servirait de refuge. Mais bientôt, nombres d'habitants écume aux lèvres vinrent réclamer l'enfant. Syless et Leete s'opposèrent de toute leur force à cette meute enragée. Dépassés ils faiblirent, et tombèrent tous deux à genoux. Les assaillants allaient les égorgés quand de l'étable vint une voix faible et enfantine. L'enfant béni prit la parole.

— Frères et sœurs pourquoi accabler de peine le grand cœur d'Afae'lashal et pourquoi réclamer ma vie ? Ne suis-je pour vous que mal incarné ?

La foule ne répondit pas. Il ajouta.

— Votre salut viendra du pardon de ma mère. Si vous détruisez mon enveloppe charnelle qui trouverez-vous pour réparer vos fautes ? Ne pensez-vous pas qu'il est temps de cesser tout blasphème et de vous conduire en vrai croyant ?

Les mots n'eurent aucun sens pour. La haine montait. Alors le ciel se déchira, un orage puissant se forma au-dessus de Zog. Un éclair frappa le sol avec force renversant des pécheurs et des pé-

cheresses. Un second traversa leur corps. Un troisième les transforma en fumée. Une frayeur monta dans le village suivi d'une
grande clameur. Afae'lashal n'eut aucune clémence, car aucun
juste ne vivait ici. En une nuit, Zog fut désertée de toute vie ne
restait que les animaux errants.

Chapitre 3

Thalyn prit seule la route du sud, elle passerait par les bois dormants. Ce massif forestier ne voyait plus passer en ses sentiers exigus les pas pressés des voyageurs. L'allée ombragée qui le traversait de bout en bout se distinguait par son alternance de pas-à-pas en rondin de bois et de murets écroulés couvert de mousse bien verte. Dans le sous-bois profond, hostas et fougères habituées au manque de lumière envahissaient tout de leur feuillage ample et abondant. Nombreuses plantes couvre-sol tentaient d'atteindre les rayons du soleil. Le lierre et la pervenche se répandaient en un tapis vert, dense et persistant.

L'herbe-aux-goutteux colorait l'humus, de ses feuilles bordées de blanc. Les chênes centenaires, larges et forts, à l'écorce profondément ridée, alternaient avec de délicats peupliers, et à leur pied arbustes et arbrisseaux poussaient. Parfois, une éclaircie se faisait entre les arbres, laissant entrevoir quelques vieilles ruines elfiques gagnées par les ronces piquantes et l'aubépine parfumée.

Thalyn trouva pour le soir, un amas de feuilles ocre et jaune entre les racines noueuses d'un vieux tronc. Le soir animait la forêt du hululement de la chouette et du gloussement du renard. Dans les recoins des plus sombres des taillis les loups rôdaient, la danse du feu éclairait leurs yeux. Elle ne trouva pas le sommeil.

Aux premières lueurs de l'aube naissante, le froissement des feuilles mortes et le craquement des brindilles se firent entendre à une bonne centaine de pas. Une bête de bonne stature se trouvait là. L'elfe ne ressentait nul danger, car l'animal ne portait pas en lui l'agressivité du chasseur. Thalyn prise de curiosité se dirigea vers les bruits. D'un pas léger elle s'approcha. Le terrain montait en pente douce et au-delà, s'étendait un petit vallon encaissé entre des falaises de grès. Au milieu coulait une rivière qui léchait deux rives sableuses. Un cerf blanc sortit du bocage.

L'animal, messagers de l'Autre Monde ne paraissait nullement farouche. Il portait sur son dos des symboles du premier âge, tous apparentés aux croyances des anciens elfes des bois. Sur son front, ses ramures, telles deux perches hérissées, façonnées de perlures et de rainures, affirmaient son mysticisme et sa puissance. L'esprit protecteur se dressa de tout son aplomb et, de ses pupilles noires comme une nuit sans lune, regarda dans sa direction. Son souffle s'accéléra, ses naseaux frémirent, mais il ne rebroussa pas chemin pour se cacher en quelques buissons. Thalyn descendit calmement dans le vallon. La bête s'approcha sans crainte, car un elfe elle avait reconnu. Ce cerf majestueux était le seigneur du bois dormant. Elle tendit une main, et il posa son museau en son creux en signe de respect. Elle caressa la robe blanche immaculée de la puissante créature. Thalyn sentait sous ses doigts la pureté, l'innocence et la bienveillance du gardien qui hantait paisiblement cette forêt. Cette force primordiale de la nature devait être seule depuis fort longtemps, car une forme de joie pétillait en ses yeux. C'est alors qu'il mit genou à terre pour se laisser monter. Thalyn s'accrocha de toutes ses forces quand l'animal prit son élan.

Durant toute la course du soleil, il l'entraîna toujours plus loin dans l'épaisse forêt. Bientôt tous les arbres changèrent. Leurs écorces s'assombrissaient, leurs formes devenaient tourmentées, la mousse ne couvrait plus la pierre, un mal étrange transformait peu à peu le cœur de la forêt en un marais sombre et putride.

Quand enfin il s'arrêta, Thalyn sauta. En touchant le sol, ses pieds s'enfoncèrent rapidement dans une boue grasse et lourde. Le don des elfes ne lui servirait à rien dans ce marécage, car une puissante magie était à l'œuvre ici. Elle se retourna pour remercier le cerf blanc, mais celui-ci s'était déjà évanoui dans l'air.

Prenant un instant pour observer les alentours, Thalyn remarqua un chemin peu engageant qui partait vers le sud, il se dirigeait droit dans la brume fantomatique qui se levait à peine. Après moult efforts elle parvint à la piste.

Tout le long du jour elle suivit ce sentier dans la rocaille et les broussailles. Aucune créature terrestre ne vivait en ces lieux désolés et mornes. Le soir venu, Thalyn entrait dans un large vallon où la cime d'un château émergeait derrière une haute colline. Sa pierre était verdâtre.

Une poterne écroulée, dont les pierres se perdaient dans une lande basse et épaisse, marquait l'entrée de l'enceinte. Thalyn s'aventura dans la cour. Elle était carrée, du bois de tonneau jonchait le sol au milieu des gravats de deux anciennes tourelles. Sur la gauche, les écuries étaient partiellement effondrées sur elles mêmes, les poutres des charpentes craquaient encore. Les pavés disparaissaient par endroit sous un lichen grisâtre et dru. Partout, un lierre vivace s'accrochait dans les moindres recoins et anfractuosités des murs, recouvrant l'édifice d'un linceul vert. Toutes les fenêtres furent murées de planches vermoulues. L'elfe s'approcha de ce qui devait être une porte. Les vieilles ferronneries qui soutenaient les battants n'étaient plus que rouille. Dans le linteau de pierre était gravé un nom à peine lisible sous la mousse. Jarep.

L'obscurité régnait à l'intérieur. Thalyn n'eut besoin d'appeler la lumière. Quatre torches d'un coup s'enflammèrent et chassèrent la pénombre. Une salle étayée par des poutres de chêne, encombrée de meubles poussiéreux, se dévoilait. Un courant d'air faisait voleter les fines toiles d'araignées, qui s'accrochaient encore entre les bras d'un lustre d'argent tombé du plafond et qui gisait comme mort au milieu de la pièce. De hautes et fortes colonnes soutenaient une cheminée, elles étaient faites d'airain et luisaient à la lumière de l'âtre. Un trône de bois rongé semblait monter la garde. Placée tout contre un mur, une bibliothèque et à côté une vitrine.

Les étagères pleines de livres à reliure de cuir ployaient sous leur poids. Thalyn d'un pas sûr s'approcha.

Elle ne laissait entrevoir ce qu'elle contenait, car une épaisse poussière recouvrait le verre. De sa manche, elle frotta. Sous le carreau reposait un ouvrage sur un lit de velours rouge. De sa couverture émanait une étrange lumière. Aussitôt une voix grave se fit entendre et lui dit.

— Ami elfe, j'apparais à vos yeux sous ma forme spectrale.

Un nain passa à travers son corps lui arrachant un frisson. Il vint prendre place sur le trône. Il ajouta.

— Ami elfe, approchez-vous sans crainte, et asseyez-vous tout près de moi.

Thalyn sans peur s'avança.

— Ami elfe, dit le nain, qu'elle force a guidé vos pas en ma demeure ?

— Un cerf blanc me transportait tantôt.

— Notre gardien a lu en votre cœur et a jugé le courage et la bonté qui vous habite, de votre aide nous avons grand besoin !

— Mon aide ?

— Avant que réponse ne sorte de votre bouche, laissez-moi vous montrer.

Le nain se leva, agita les bras, soudain, une magie tourbillonnante s'éleva du sol en une vague d'énergie flottante, d'un vert translucide hypnotique. Une lumière intense aveugla Thalyn qui

273

protégea son visage de son avant-bras. Le temps et l'espace ne firent plus qu'un.

Des rires et des chants envahirent soudainement la pièce. Thalyn se frotta les yeux pour en chasser la blancheur aveuglante. Dans la demeure, des Dwarfs revenaient à la vie. Une longue table se remplissait de boustifaille à profusion. Dattes, figues et noix muscades, girofle et grenades, pâte au gingembre et gelée aux aromates, le tout accompagnés de maints breuvages, vin au piment, hydromel, bon vin de mûres, clair sirop et une bière à la mousse blanche et épaisse. Dans la cheminée un porcelet cuisait sur une broche tournante. Tous les bancs étaient occupés.

Sur les murs, de vieux portraits et tableaux, héritages immémoriaux, racontaient l'histoire de ce lieu. Thalyn curieuse s'approcha.

Absorbée par les peintures, elle ne porta nulle attention à la porte de la maison qui s'ouvrit en grinçant. Le seigneur nain, une hache pendue à son col, rentrait d'une course à travers bois et montagne. Ses bottes ferrées frappaient le sol et crottaient le sol en chêne de boue et de feuilles. Sa voix grave la sortie de sa torpeur.

— Voici Jarep jadis ! dit-il tristement. Nous étions trente valeureux guerriers et pas un seul n'a survécu. Tous ont disparu dès l'instant où sa parole est venue en notre possession.

Il s'approcha du mur les mains croisées dans le dos. Il ajouta.

— Tous sauf un pour être exact. Il n'était pas le plus sage, mais le plus croyant.

— Comment un livre peut-il engendrer une telle malédiction ? S'interrogea l'elfe.

— Il est l'Adeonïme, le recueil saint du premier millénaire, mais en aucun cas vous ne devrez le lire !

Thalyn revint à la vitrine, il était là dans son écrin rouge et toujours aussi brillant.

— Et si je venais à m'en saisir ?

Le loquet s'ouvrit.

— À votre bon vouloir ! affirma le nain en disparaissant.

Elle tendit une main fébrile vers l'objet, ses doigts agrippèrent la couverture rugueuse. Éclair et tonnerre résonnèrent. La lumière ne dura qu'un court instant, Thalyn se retrouva à nouveau dans les ruines, devant cette même vitrine. Vide. Comme la pièce d'ailleurs, même les flambeaux ne brûlaient plus.

Thalyn ne s'attarda pas davantage, car tout autour, la vieille bâtisse commençait à disparaître. Elle sortit sur le perron. La brume montait en volute engloutissant les remparts. Les pierres grosses et petites s'effondraient en silence ne formant plus que des tas informes que la terre s'empressait de rendre poussière. Seul le vert de la nature grandissait, arbres naissants et herbes hirsutes gagnaient la cour carrée. Bientôt il ne restait rien. Au milieu des vapeurs le fantôme du nain vint et dit.

— Ami elfe, à cette épreuve vous avez échoué, nous sauver vous était impossible, mais ne gardez pas en votre cœur de mauvais souvenir, car dans une lune nous reviendrons hanter ces lieux.

Adeonïme verset 23

Quittant Zog, ils errèrent dans le désert de Dargum pendant une lune et un croissant. Devant les Monts de Holg les voyageurs firent halte. Syless prit d'impies pensées arrêta de prier Afae'lashal la reine des reines. Calaia'thilon restait prostrée et l'enfant s'était tu depuis longtemps. Seul Leete faisait vivre la foi. Le soir glacial de la plaine désertique vint les saisir.

Syless sentant ses membres s'engourdirent se forçait à marcher. Avec nulle obligation, il s'engagea sur un sentier tortueux qui montait vers un plateau dominant tout le désert. En chemin, il vit une étrange flamme. Un buisson brulait sans toutefois se consumer. Assise à ses racines, Afae'lashal l'attendait. Elle portait en ses mains un rouleau.

— Syless, enfin tu es venu. N'aie de crainte en ton cœur et approche-toi, que je te révèle ma parole !

Il s'agenouilla.

— Voici le rouleau des eaux mortes, contenant mes commandements. Tu n'auras pas d'autres dieux que moi. Tu te prosterneras devant mes symboles. Tu n'invoqueras pas mon nom pour le mal. Tu honoreras ma personne. Elles sont les premières règles que je t'enseignerais. Tu apprendras à en respecter les principes, car tu seras bientôt ma voix en cette terre. Maintenant, regagne ta couche !

Syless plus impie que tout autre en ces heures sombres revint d'un pas lourd vers le campement. Il s'allongea à côté de sa femme, mais nul sommeil ne vint en ses yeux. Dans la pénombre il entendait battre de cœur de Calaia'thilon et les respirations de l'enfant.

Chapitre 4

La journée d'ondées touchait à sa fin lorsque Thalyn arriva à la frontière de Düranor. Les senteurs douces amères de la terre gorgée d'eau s'élevaient dans l'air, en un mélange d'herbes fraîches et de menthe. Face à elle la vaste plaine s'étendait en champs de blé vert et de maïs montant, entrecoupé de chemin terreux et de murets gris. Les nuages se déchirèrent enfin, un soleil de fin du jour baigner le monde d'ocre écarlate. Au loin Talriel pointait ses tours en une vague silhouette, et sur ses toits dansaient dans le vent bannières et drapeaux.

De la ville elle ne s'approcherait point préférant rester à couvert à l'orée de la forêt. Le disque solaire disparaissait peu à peu derrière les cimes des montagnes laissant le crépuscule s'installer.

Au détour d'un méandre du sentier, un trou lui fit face. Totalement isolé dans la nature, il ouvrait sa bouche béante noir nuit. À proximité, un feu consumait du bois de pin en des braises bien rouge et au milieu une marmite ronflait. Quelque gibier cuisait en une odeur de viande suave. Thalyn sur ses gardes s'enfonça dans un taillis. À l'entrée de la sombre grotte attendait la plus inattendue des créatures, du moins dans cette partie du monde. Un gnome. Pas un de ces gnomes abjects et méchants, celui-ci semblait plutôt amical et débonnaire. Les « R » roulaient sous sa langue.

— Ne restez point loin de l'âtre douillet ! Venez-vous réchauffer, je préparais pour vous un repas, car j'avais connaissance de votre arrivée !

Une pie se posa sur son épaule pour chanter à son oreille dans un langage inconnu.

Thalyn sortit de sa cachette et le dévisagea. Sa longue barbe brune se nouait par endroit et sa chevelure hirsute débordait de sous son bonnet de cuir tanné. Ses yeux pétillants et sa bouche souriante invitaient à la conversation. Bien que laid et difforme, il possédait un esprit vif et malicieux. Il ajouta.

— Je ne suis pas de ces gnomes coléreux et odieux du nord. Je suis un Kaig'arou de passage en cette contrée, mon peuple vit très loin dans le sud et ici je vous attends depuis longtemps. Et Gourf est mon nom.

— Vous m'attendiez ?

— Certainement, un ami commun me disait encore tantôt que vous pourriez me rendre un service en échange de celui-ci.

Thalyn s'asseyait sur un rondin de bois tout à côté du feu.

— Et de quel service avez-vous besoin ?

— En cette grotte, rien ne vit, pourtant elle respire ! Au plus profond de ce lieu, il existe un trésor, pas de l'or ou des joyaux, mais quelque chose de bien plus précieux !

— Et qu'est-ce donc ? demanda Thalyn intéressée.

— Une coupe !

Le chemin périlleux descendait dans les entrailles de la montagne. L'air se chargeait d'humidité. Au plus bas, le petit tunnel débouchait sur une chambre construite de main d'homme, noyée dans une brume qui montait à hauteur de genou. La nappe virevoltante se déplaçait comme poussée par un vent invisible. Elle se découpait sur les arêtes déchiquetées des roches, se rassemblait, s'élevait en tourbillon et retombait. Thalyn ne savait pas ce que cachait le brouillard. Elle s'avança sans que le sol ne se dérobe sous ses pieds.

Au fond de la grotte se dressait un tombeau taillé dans le roc. Et devant lui un autel. De sa main elle retira la mousse qui le recouvrait une épitaphe y était inscrite « si git le père » et rien de plus. Elle inspecta la tombe. Sa pierre était usée par l'eau qui suintait du plafond, une couche de calcaire se formait à sa surface. Une grille de fer rouillée permettait d'accéder à un escalier vouté qui emmenait le visiteur vers le tréfonds. Après une dizaine de marches vint une pâle lumière fragile. Thalyn sortit sa dague. Au bout d'un vestibule, une thébaïde. Sur une dalle reposait la coupe entourée de bougies qui ne se consumaient jamais. Elle s'approcha pour mieux voir l'objet. Il était fabriqué dans un morceau de buis et ne présentait aucun intérêt. Se saisissant rapidement de la coupe, elle s'en retourna. À l'extérieur, les étoiles scintillaient. Toute la nature semblait calme et innocente. Le gnome l'attendait et le feu brulait encore.

— Avez-vous trouvé la coupe ? demanda-t-il avec un large sourire.

— La voici !

Elle présenta le calice de bois. Et dit.

— Nul danger ne vivait dans la grotte, lugubre elle était certes, mais vous ne risquiez votre vie en allant plus avant.

Il se mit à rire. Mais sa moquerie fut de courte durée, car dans l'ombre un décharné sombre, vieux, épuisé, le dos courbé et le front soucieux les observaient. Le gnome dit.

— Restez sur vos gardes, car de cet homme je ne sais rien !

Thalyn stupéfaite se retourna, le vieillard sortit de sa cachette.

— Vous nous espionnez ? l'interrogea le gnome soucieux.

— Nullement ! Mais par ma bouche va parler la reine des reines !

— Afae'lashal ? dit l'elfe intriguée.

— Vous connaissez cette personne ? l'interrogea Gourf.

— Elle est de nos croyances, grande prêtresse d'un monde ancien.

L'homme les regardait et finit par interrompre leur échange.

— Me voici devant vous, pour vous délivrer ce message « Si vous gardez cette coupe, elle sera à jamais liée à votre destin ! Ne l'utilisez que pour faire le bien, car du bien elle est issue ! »

— Je comptais revendre cette coupe pour quelques écus, avoua le gnome plein de déception.

— Si vous ne suivez pas cette recommandation à tout jamais la coupe sera perdue ! Et le Mal gagnera !

La voix de l'homme se perdit dans l'obscurité. Seul le bruit du feu troublait le silence. Le bois de pin dansait dans la flamme vive et la résine crépitait. Le gnome toussa et disparu dans une poussière violette.

Assise près de l'âtre, Thalyn tentait de donner un sens aux paroles du vieillard et à son échec vif et cuisant. Lorsque, au milieu des braises craquantes et blanches, le visage du mage d'Estian prit forme, et parla ainsi.

— Thalyn enfant de Sylsaniat du peuple Indarin, ne vous posez pas tant de question, car vous n'avez pas échoué ! Je vais répondre vos interrogations. Cet homme, ce vieillard, est un ancien guide de la première ère, Afae'lashal s'est servie de lui pour protéger un être né divin. À Jarep, le livre n'était qu'une illusion, car ce dernier est en ma possession depuis quatre millénaires.

— Pourtant j'ai échoué à cette épreuve !

— Non, ce destin n'était point le vôtre !

Une nouvelle aube naquit sur les contrées de Salt. La gorge de Inth, difficile d'accès, proposait un chemin au milieu de la rocaille. Le long des parois, des éboulis incessants coulaient sur les pentes, emportant gravier et roc vers le sentier qu'empruntait Thalyn. Sur un plateau au-dessus d'elle, existait un arbre blanc, desséché depuis plusieurs siècles, depuis le départ des elfes pour être exact. Ses branches mortes se balançaient dans le vent fort et nul oiseau ne venait y chanter. Son tronc lisse et blafard ne portait nulle trace. Ses racines noueuses émergeaient du sol en de nombreux endroits. Thalyn se présenta devant lui avant la nuit.

Le Táva Kementári (Arbre de la Reine de la Terre), attendait le retour d'une reine sur le trône des elfes. Elle posa ses mains sur l'écorce. Soudain il sembla s'animer de sentiment. Ses ramures s'abaissaient. Le sol trembla. L'elfe invoqua la pluie pour soulager l'arbre de sa soif et ensemença la nature aride du plateau. Fleurs et herbes apparurent, buissons poussèrent, oiseaux et animaux arrivèrent promptement. Mais il restait nu.

Thalyn s'allongea au pied du Táva. Au cœur de la nuit des bruits de métal et des grognements la réveillait. Se redressant, elle tourna son regard vers les montagnes du sud. Une aura malveillante s'élevait au sommet, elle sentit la détresse se déverser.

Adeonïme verset 24

Le soleil baignait le désert d'une flamme brulante, lorsque, Afae'lashal appela Syless. À nouveau il gravit la montagne. L'air brulant emplissait ses poumons. La pierre vibrait sous la chaleur. Le ciel était d'un azur sans pareil. Un unique nuage vint au sommet de Holg. À l'ombre d'un rocher, il vint s'assoir. Seul un renard jaune se trouvait là. Il observa Syless et prononça mot.

— Te voici enfin. Écoute la suite du périple de l'enfant. Vers le nord vous prendrez route pour Phie. En ce lieu, un homme bientôt roi vous attends. Un objet il te remettra, et de sa bouche tu obtiendras la clé.

Le renard se dressa sur ses pattes en une posture d'homme et utilisa mille métamorphoses pour devenir femme. Elle disparut.

Syless empreint de question descendit de la montagne. Au début du sentier l'enfant l'attendait.

— Père, j'ai entendu sa voix dans la roche, la reine des reines ne t'a entretenu de la fin ! Dans notre avenir j'ai lu, et la mort nous suit.

— Mon fils, la fin n'est qu'un autre chemin, mon corps est las et je suis bien fatigué. Moi aussi j'ai senti ma mort prochaine.

— Ce ne sera pas la mort, mais les limbes éternels sans rédemption.

Syless regarda son enfant droit dans les yeux. Un sourire éclaira son visage. Leete et Calaia'thilon arrivaient à leur rencontre. L'elfe ne parla pas, seule sa femme ne put retenir sa joie.

Chapitre 5

Thalyn revêtit l'armure que le mage lui confia. La pluie qu'elle invoqua la veille ne cessait plus de tomber cliquetant sur le métal. Avant de partir, elle pria l'arbre blanc. Au bout de la plus haute des branches, une feuille naissait.

Elle fit route en direction de Nala'akra en passant par les cimes abruptes. Bientôt la neige recouvrait de sa blancheur le sol pierreux. L'eau se transformait en glace. De par son sang d'elfe, Thalyn ne ressentait pas le froid mordant. Elle s'astreignait à de rudes privations, souffrant de la faim et du manque de sommeil, car au bout du chemin, l'attendait une juste cause. Ignorant les dangers, elle serpentait de crevasse en raides parois, escaladait et descendait le roc escarpé avec grâce et agilité. Le premier croissant devint lune gibbeuse à la vue du dernier pic. À son pied, elle fit halte. De la végétation pauvre et nue, le feu fut.

La nuit était claire en dessous du glacier. Pas un souffle, pas un bruit, une tranquillité presque surnaturelle. Brusquement, les faibles flammes à peine chaleureuses devinrent tourbillon menaçant. La reine Arnwyn annonçait sa venue avec mécontentement.

—Thalyn enfant de Sylsaniat du peuple Indarin, j'ai eu ouï-dire de votre départ, votre place n'est pas auprès des hommes, mais de votre peuple ! Renoncez à cette folie !

— Ma reine, je décidais tantôt de suivre une voie différente de votre enseignement avec l'intime conviction d'avoir trouvé mon destin.

— Votre destin comme vous vous plaisez à le dire est de servir la cause d'Afae'lashal et non de vous lancer en une quête personnelle.

— Que faites-vous des Anciennes Alliances ? Devons-nous laisser les terres de Salt se défendre seule ?

— Elle ne fera rien ! affirma une voix venant d'outre-tombe.

— Mage d'Estian j'aurais dû me douter que vous étiez derrière tout ceci ! Avez-vous dit à cette pauvre enfant comment vous envoyez à la mort ceux à qui vous donnez conseil ?

L'enchanteur ne répondit pas. De la roche il apparut en une forme spectrale. La reine ajouta.

— Voyez ce vil personnage sortir de l'ombre ! Il n'est que langue fourchue et veine promesse !

Il toussa en entendant pareil propos blessant.

— Ne vous ai-je pas conseillé de renoncer au trône des elfes ? Car votre pouvoir nous serait d'un grand secours sur le champ de bataille !

— Le pouvoir m'appartient ! Jamais cette descendance en haillon ne montera sur le trône ! Et jamais elle ne deviendra gardienne !

Le mage balaya le feu de la main pour en chasser la prêtresse. Il regarda Thalyn droit dans les yeux. Et dit.

— C'est la peur qui argumente à travers sa bouche, elle vient d'entrevoir son avenir pour y trouver sa fin. L'héritière est en chemin, tous en terre de Salt doivent le savoir et reprendre espoir en des jours meilleurs. J'ai vu l'arbre blanc, celui qui était mort est revenu à la vie ! Partout les táva renaissent !

Thalyn tomba à genou dans la neige, ses mains agrippèrent les flocons froids de toute leur force. Elle dit.

— Je ne suis pas ma mère, même si son sang coule dans mes veines, l'humble Indarin devant vous ne deviendra jamais reine, et même si cela arrive, je ne pourrais empêcher le flétrissement du monde.

— Certes, vous ne pourrez pas arrêter le mal de se repen dre. Mais il existe en cette terre de Salt de l'amour. Tous traverseront des heures sombres et il est à chacun de décider du temps qu'il lui est imparti.

Le mage l'aida à se relever et ajouta.

— Vous avez une grande force et vous devez avoir confiance en elle. Maintenant, je dois m'en retourner.

Une bise glaciale se levait entre les pics. D'épais nuages arri vaient de l'est, annonçant une tempête prochaine. Thalyn remon tait la paroi rocheuse en direction du vieux glacier. Gravissant ces pentes glissantes, elle parvint enfin au sommet. Entre deux voiles de neige, elle aperçut les ruines de Nala'akra dans le vallon. Tendant l'oreille, elle n'entendit que le hurlement du vent. Pourtant, ses yeux furent attirés l'espace d'un court instant, dans une trouée, par des formes sombres se déplaçant sur la blancheur. Un bataillon d'orque.

Rapidement, Thalyn longea la crête, cherchant le moyen de descendre, lorsque plus bas, elle vit un petit sentier. Il serpentait en des courbes raides et s'enfonçait dans une forêt de pin. Restant à couvert, elle imita le loup discret entre les troncs, s'arrêtant pour écouter d'une l'oreille attentive. Les grognements se situaient à cinq cents pas au moins. Désireuse d'éviter le combat, une vieille aire d'aigle ferait cachette. Dissimulée dans les branchages, l'arc fut sorti. Elle tendit la corde entre les poupées. La tempête de neige recouvrait tout de son linceul opaque. Les orques s'attardaient, mais le redoublement des intempéries les poussa à fuir le col. Thalyn en profita pour prendre la direction de la tour elfique. Les ruines noires se dressaient vers le ciel, construite par les elfes, elle fut abandonnée aux brigands et mercenaires. Elle n'était plus qu'amas de pierres éboulées, gravats encombrants et planches pourries. Le mur qui la ceinturait fut bâti entre d'imposants blocs de granit et se trouvait percé en de nombreux endroits. Elle ne s'aventura pas en ce lieu maudit, préférant l'éviter, car il sentait la mort. Thalyn trouva refuge en une petite caverne a mis hauteur face au sentier qui montait du pays de Düranor.

Thalyn entendit des bruits de sabot. Des cavaliers arrivaient par le chemin qui débouchait devant l'ancien corps de garde défendant le seul accès à une cour pavée. À leur tête, un homme de haute stature, fier et droit, les menait. Elle observa leur agitation en entrant dans l'enceinte. Et quand le calme fut revenu, elle vint à lui.

Final

Le mage d'Estian précipitait tous nos Héros dans des aventures dépassant leur propre destinée.

Adanedhel, Fihörn et Thalyn quittent Talriel en quête de la ville cachée de Wooden Town où dort un lourd secret. En chemin, ils rencontreront des êtres bon et mauvais, et devront faire preuve de bravoure et d'honneur. Sur leur route, un orc étrange fera son apparition pour leur venir en aide.

Atanor et Malbür, après avoir affronté Helbena dans le cimetière de Doum'hotz, devront pénétrer dans les cavernes venteuses qui abritent au plus profond de leurs ténèbres des êtres nés de la flamme et de la glace. Mzorgg le gobelin, un être peu recommandable, ne se doute pas que très bientôt, un homme et un nain viendront à lui.

Le mage et Elthen partiront pour les oasis de Kio'ipta où vit Pujdaï l'ancien. L'enchanteur portera à son oreille les noms des héritiers du trône des Fontaines d'argent. Est-ce une erreur ? Il obtiendra des réponses, mais un pacte sera conclu et sur le chemin du retour la mort frappera.

Loin au nord, le Mal ne dort plus. Kaladan aura ouï-dire des projets du Mage et s'opposera à lui. Gorbundus du fond de son tombeau brisera les sceaux qui le retiennent. Par vengeance, il détruira un royaume, engendrant une catastrophe sans nom.

Vous retrouvez Fihörn, Malbür, Therroren, Adanedhel, Atanor, Thalyn et tous les autres dans un second tome des Chroniques des mondes de Salt : Wooden Town

Table des matières

www.ingramcontent.com/pod-product-compliance
Lightning Source LLC
Chambersburg PA
CBHW030425180626
46812CB00005B/2178